葉國居。

目次

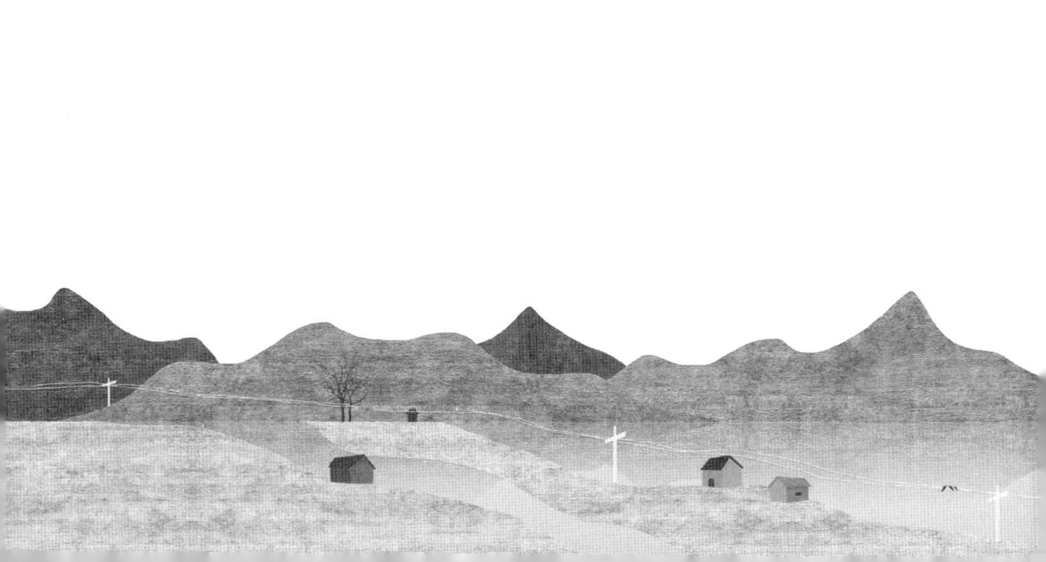

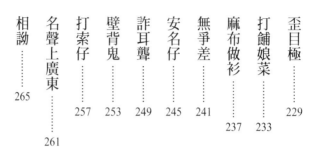

【自序】

牽起故鄉的衣角

《牽衫尾》出版前夕，孫女拉著我的衣角，要去便利商店買養樂多。這個動作讓我怦然心動，遙遠復遙遠，依稀且依稀，好多年了呀，印象中再也沒被人拉過衣角。衣角很糾結，心中很甜蜜。當下揣想，是不是應該要把衣服做得更大一些，可以讓兩個孫女同時拉著我的衣角，攬住一窩幸福。

從住家到商店約莫數百尺，台中城秋日梅川水聲潺潺，彷若遙遠故鄉的茄苳溪蜿蜒而下，在老家上屋拐個大彎，嘩啦啦的水聲日夜響在腦海，又嘩啦啦地灌注我的體內，一時記憶翻滾。祖父已經離世四十餘年，歲月未曾停歇，當年我拉著他的衣角，如今自己被孫輩牽住衫尾的當下，我彷若必須責無旁貸地告訴更多人，那份屬於客家牽衫尾的悸動。

我文學創作的養分，取自故鄉母土，豐饒、肥美。一陣風吹，那些搖擺的稻穗，那些挺立的群樹，以及四時的繁花，在每一次回首間，都讓我看見一件件靚靚的衣裳。每次回鄉，車行鄉間小路，彎彎曲曲又皺皺巴巴的，彷若拉著它的衣角，翻炒如蜜的記憶，又像是踩著鬆軟的泥巴，就可以迸出一塊客家粢粑。即便如今我已快步入耳順之年，相對於故鄉，永遠是一個長不大的孩子。

謝謝妳，故鄉的大衣裳，讓異鄉遊子遠在天邊也能掬起美麗的雲彩。在客家莊長大的孩子是幸福的，拉衣角那麼甜蜜，回首又是這般榮光。藉此一併感謝聯合報副刊，悉數刊登內文的每一篇文章，在書市銷售低靡的年代，有副刊的推波助瀾，如得神助，《客家新釋》副刊專欄成為海內外許多讀者關注的心事。內心期待，《牽衫尾》能牽出更好的銷售量，會有更多讀者愛上它。

食朝

在客家莊，早餐是一種儀式，如同皈依，讓小孩子有家的歸屬。客家莊的小孩，吃完早餐才能出門，像是依約成俗，代代相傳至今。我求學以後，在家吃早餐，一切順理成章沒有例外。我竊以此事會隨著母親年邁，讓這條家規鬆綁。事實不然，這些年我住台中，偶有機會回桃園老家夜宿，翌日清早，廚房升起的炊煙直達天聽，幾十年了，灶頭依舊頑固。坐在清晨的飯桌前，我經常面對一桌菜餚、一碗白米飯相視無語。早餐，還有人天天吃白米飯嗎？

九十四年，我在新竹縣文化局任職，一個春寒料峭之日，奉命帶團至上海參加國際兒童藝術節，因為班機的關係，從老家觀音出發，早上四點必須起程。凌晨三點鐘，廚房傳來匡啷的聲音，柴入爐出，灶孔門咿歪咿歪，柴在爐膛啪啪響著。我心頭一悶，才早上三點多，母親應該不會是在煮早餐吧！當我拖著行囊經過吃飯間時，看到一桌熱騰騰的菜餚，白斬雞、滷豬腳、筍乾和一碗白米飯。我看看牆上的掛鐘，距離原本預定出發的時間，已經晚了十分鐘。

我說母親，這是什麼年代了。現今便利商店早餐應有盡有，街頭街尾中西式早餐推陳出新，哪有人早餐還在吃白乾飯配大桌菜啊！時代進步了，選擇很多，就連稀飯都不能日日拿出來和稀泥的！母親不語，她覺得客家莊的小孩要吃完早餐才能出門。即便我已成年，在母親心裡，小孩永遠就是小孩。那日，因為時間過於急迫，我告訴母親，真的沒辦法在家吃早餐了，等我到機場後，再到便利商店買個簡易的早餐填肚即可。我拖著行李走出家門，從她的眼神中彷若有一股落寞。到禾埕放好行李箱後，發現她沒跟出來，就在我要開車出發時，她快步地跑出來了，手中拿了兩個塑膠袋，一個裝著兩大塊豬腳，一個裝了一碗白飯，匆忙放進我的車裡。

年少的家鄉，清一色農家，早餐鮮有人食粥。依據長輩的說法，食粥容易肚子餓，無法負荷繁重的農事。又流傳早上若能食一點油氣，吃一點鹽巴，做田事才會更有力氣。客家人常用「沒吃鹽」，來形容一個人手無縛雞之力，我雖然瘦小，但力氣過人，肯定是在早餐大桌菜中，攝取了不少鹽巴。母親塞給我的兩塊豬腳，一碗白飯，我坐在候機亭上，遲遲不敢拿出來吃，肥肥的豬腳，這麼大清早，實在有些難為情。上飛機後，飢餓竟來得又快又急，真忍不住了就拿出來啃，同行舞蹈團的小朋友，見到我白飯配上肥豬腳的早餐，紛紛一臉詫異，問我早餐都是這樣吃的嗎？我回答他們，客家莊的早餐，肥嘟嘟抖顫顫的，又鹹又給力。飛機正以仰角的姿勢，衝入雲霄。

「食朝吂？」下飛機以後，旋接獲母親從故鄉來的電話。她只用簡單的話語，問我吃早餐了嗎？

食朝，客家話，吃早飯。朝，早餐的意思。我很納悶母親為何只關心我的早餐吃了沒？卻沒有問我此刻是否已經平安到了上海。食朝，真的有這麼重要嗎？長年以來，我不知道母親為何如此堅持，一定要小孩子吃完早餐才能出門。走在上海街頭，像是天涯的遊子，我忽然想起了早上那一幕，她在慌忙中裝了豬腳白飯，在我的車頭前，俐落地用橡皮筋回繞兩圈，深怕遺漏了什麼似的，還不忘叮嚀我記得食朝。當我告訴她已經吃完早餐之後，台灣和上海已是千里之遙。我彷若有一種感覺，從故鄉昏暗天色中，她一頭鑽進車窗遞給我早餐，到天色朗朗上海，彷若在這個時候連成一氣。心與氣合，思與神會，食朝之後，我彷若就在母親的身旁。

如今我已年過半百，對於「朝」字，似乎越來越有領悟。這個十字對十字，日頭對月光的造字，對客家人來說，它是黑夜與白天的銜接，它正是一日之始。從灶頭出發，踏出家門，即便天涯海角，在家裡吃完早餐的孩子，都永遠在家的範圍，在母親十全十美的照拂中。

大磅仔與細秤頭

客家農莊用來計量輕重的度量衡，最常見的就是大磅仔與細秤頭。大磅仔，客家語，是指專門用來秤重物的磅秤，比方說秤一大麻布袋的穀物，或是秤一頭上百斤的豬隻。至於細秤頭，指的是掛在牆上的小桿秤，它有兩個秤耳，一個鐵鉤，使用時得先以一手提起鐵鉤上的秤物，另一手則用來移動秤鎚，如此一來，就只能用來秤較輕的東西。

這一天，廟前廣場有一群老人在閒扯淡，他們平常就喜歡扎堆嚼人舌根、論人功過。話題如浪湧，一時之間江翻海沸，便說到安爺身上來。起初，他還氣定神閒的，才一眨巴眼面容便鐵了起來，心頭火往上撞。眾爺們以蓋棺論定法，來論斷安爺的一生，他們認為安爺人雖好，唯一的遺憾就是錢賺太少，遠不如他的弟弟小福爺。安爺當下不是滋味，瞅著眼，黑下臉，辯駁的話其實已經上了喉頭，又吞了下來。

六十年代，農作和牲畜是客家莊經濟的主力，安爺和福爺兄弟，每年田中的農作生產相當，差別就是在牲畜了。安爺養的雞鴨，屢屢還沒長大就夭折，可賣的雞鴨屈指可數，售出時是以細秤頭一隻隻來秤重量的。小福爺就不一樣了，他養的雞鴨總是能平安長大，肥美壯碩數量眾多，一定要用磅仔秤重才能省事。眾爺們評事俐落，以使用度量衡的不同，斷定渠等一生的輕重。

安爺回家後，坐在門前那棵老茄苳樹下生悶氣，撇一根樹枝來回拍打泥地，揚起俗世紛飛的塵埃。

「仰般講吾就輸佢，吾還有當多子孫呀，仰般會輸咧！」安爺心中不服，他覺得自己有三個兒子，有七個孫子五個孫女，論丁論口，都要比小福爺來得多。來日方長，怎麼說他賺的錢就一定會輸小福爺呢？客家莊難道只有大磅仔與細秤頭嗎？

安爺嘟噥不止，妻子安婆聽得灰溜溜的，當她弄清楚事情的原委後，告訴安爺，大磅仔與細秤頭，在客家莊只能秤眼前的輕重，沒辦法權重將來，莊頭莊尾還有一把時間之秤呀，它權向長遠的未來。安爺重視孫輩教育，他覺得自己雞鴨養得不好不打緊，但是小孩一定要教育好。他不識字，但每一天晚飯後，他一定會坐在客廳，監督在神桌前讀書的孫輩們，設若他們是在嘻哈或是瞌睡，安爺便會冷不防地嚴聲斥責：「是要把書還給先生嗎？」

歲月如流，眾爺們早已做仙去了。四十年後，我從父執輩口中得知此事，安爺是我的遠房親戚。幾經私下打探，這時間之秤，早已清楚驗證。安爺的孫子們如今各個事業有成，錢早已賺海了，如今誰敢說安爺錢賺輸人呢！此後我不敢隨便就將人品頭論足、秤斤論兩，以免流於用大磅仔和細秤頭來權重別人一生的短視。客家莊還有一把悠悠的時間之秤呀！它權向日頭，權向黃昏，以日月為兩，以年歲為斤，經過時間的洗禮，才能真正了解孰重孰輕。

相走

客家莊鄉間小路，早期少有人在慢跑。照常理來說，阡陌縱橫，景色宜人的農莊牛車路，應該是跑者不絕於途，可是田莊的農事吃緊，無論男女老幼，時間與力氣幾乎都投注在田事之上了，小孩子若非是為了準備學校運動會爭取好成績，設若閒來無事在鄉間慢悠悠地跑，看在長輩的眼裡，一定是吃飽撐著，包準會被叫去做田事的。

我進大學後熱衷跑步，但心態上仍是個鄉下人，承襲客家莊要比賽才練跑的舊思維。站在田徑場上，不自主地呼吸加速，彷若槍聲在即，跑步比逃難還急。這和城裡人的想法格格不入，城裡人生活步調雖快，但他們開始在夜間流行慢跑，恰恰的節奏，倒像是鄉間一彎溜水不急不徐。鄉村和城市，競賽和慢跑，在那個年代彷若被錯置了。我這個來自客家莊的孩子，站在城市夜晚的操場，有一種莫名的違和感。

學校宿舍門禁森嚴，十一點寢室熄燈後，喧譁漸稀。星光點點的夜裡，我翻牆進入操場，外圍的大榕樹下盡是摸黑談情說愛的情侶。二十年華，我還沒有女朋友，求愛不得，但求榮心切，一見操場便忍俊不禁奮力向前衝，希望自己在來年學校舉辦的越野賽跑可以拔得頭籌。由於我沒有受過專業訓練，不懂得漸進式的科學練習法，經常土法鍊鋼，每每嘔心淌血。好一陣子了，我在五千公尺後便面臨撞牆關卡，在心志和身體上始終無法突破。那個夜晚，我仍受到距離的制約，一陣暈眩後，跪在跑道上嘔吐起來。

吐，狂吐不止，明明晚餐吃了一顆荷包蛋，嘴型竟吐出一顆顆滷蛋來，只剩空虛的身子，如一條被破膛掏空的魚。良久，仰起頭，眼前灰濛濛黑糊糊一片。我突然發現有一對情侶眈眈向我，像是墨夜中的貓眼，在驚嚇中略帶防衛。空氣在瞬間凝固了，整座操場像一間空屋，無聲無息。驚覺自己的行為，破壞了場邊的氛圍。然左思右想，畢竟操場是用來跑步的，又不是談情說愛的地方，我已經在撞牆期鬼打牆很久了，不甘就此罷休。站起來，再衝。又八百公尺，回到原點。跪地，再吐。強弩之末，心猶未死。

「你可以不要再跑了嗎？」一個在戀愛中的女生，從榕樹下鑽了出來，怯怯地趨近我的身旁，慢聲慢氣帶些苦苦哀求：「同學，失戀也不要這樣呀！」

「我，我沒失戀啦！」我體弱氣虛，仍勉力地抽口氣忙於解釋，自己不是失戀自殘以苦相逼的那種人：「我，我在練跑啦！」

「相走？無人摎人共下走，恁遽做麼个？」她馬上用客家話回我，沒人跟你跑呀，幹嘛跑這樣快。我猜，一定是自己的口音，洩漏了客家鄉音。客家妹十分不以為然，走回榕樹下戀愛，身影沒入陰暗的角落。我一時語塞、愕然，在兩眼昏花渾濁的夜裡。

相走，客家話，賽跑的意思。走，指的是跑。三十多年來，我早已習慣長跑是一個人上路，經年累月千萬里後，我體悟出客家「相走」的真諦。年輕時，「相走」是濃濃的客莊味，絕非閒來無事的悠閒，在沒有競爭對手時，是昨天的自己與今天自己相互競賽。如今我已步入中年了，對這個詞彙感受尤深，在朗朗的月光下，聽著自己的步伐聲，晃蕩的影子，亦步亦趨的相互叮嚀，要跟上腳步，不要放棄喔！

這些年，我因工作關係改為晨跑。清晨四點多，附近學校操場黑壓壓的，清一色是上了年紀的人。去年冬日清晨，有一個散步的中年婦女，用客家話對著我嚷嚷：沒人跟你跑呀，幹嘛跑這樣快。我不再語塞了，直朗朗地告訴她，一直有人追著我呀！天色猶暗，她左顧右盼後慌張離場。

第二天，她沒出現了。再過些時日，大清晨，操場上空無一人。

種崩崗

種豆得豆，種瓜得瓜，種崩崗會開花。

濱海客家農莊，早期少有自殺案件。偶有聽聞，大都是喝農藥自盡的。再來，就是學屈原投江。農藥在鄉村使用普遍，桃園台地處處埤塘，自殺法和環境緊密相連。最少聽見的，就是跳崖自盡了。故鄉濱海、沙岸，廣袤的田野，長長的溪流，就是沒懸崖。懸崖遠在天邊，若是跳崖要跑到日出的山頭處，還沒跳下之前就會先累死。依照我年幼時的想法，這跟拿麵線上吊，以豆腐當牆撞，一樣唬爛。

老家一公里外的保生廟，是村人的信仰中心。宮內懸掛十殿閻王圖，為素人畫家林阿銀手繪往生後的世界。我每每入廟後，便不知不覺地走進圖像裡，彷若到地獄兜了一回，經年耳濡目染，略知圖說梗概。自殺者都認為可以一死百了，但當他踏入死後的世界，才會猛然覺悟，自殺是不能解決問題的。每天必須重複一次生前的自殺行為，又每天必須面對一次自殺前的痛苦，那是永無止盡的黑暗淵藪啊！試想，每日投一次埤塘的恐懼，每日喝一杯農藥的苦楚，還有誰敢跑去跳崖呀！重力加速度，保證每天要五馬分屍一次。

六十年代，客家莊空前絕後的一樁跳崖自殺傳聞，竟與我有一些關聯。

夏日當晝，如漿的烈陽盡情的燃燒，整個村莊昏昏沉沉的。幾位同學中午放學後走路回家，走著走著便情不自禁與溪水並肩，靠向茄苳溪魚貫而行。溪邊成排的茄苳樹，是一把一把的遮陽傘，其間穿插一叢叢的林投。林投果酷似鳳梨，又硬又挺，那個年代，客家人對林投果可以食用的知識全無，任此珍饈枯腐老去。幾個頑皮的同學，窮極無聊撥開如劍的葉片，小心翼翼閃躲葉背上似針的鋸齒，拉下橄欖綠的林投果，旋向對岸黑壓壓的竹林擲去。

「匡」一聲，突然間響起啪啪噗噗的鳥飛。隨後一對男女，衣衫不整，狼狽往不同方向狂奔出來。男的順流而下，女的逆流而上，幾位同學登時目瞪口呆。阿寶又闖禍了，他驚天一擲，竟然不偏不倚打中在偷情中的男女，就此揭開一樁不可告人的祕密，又啪啪噗噗地隨著飛鳥擴向四方，整個客家莊在昏沉的暑熱中清醒過來。數月之後，我輾轉得知，男女是隔壁村莊的人，事發之後便沒再回家了。

他們去哪裡了？話渣慢慢地在純樸的客家莊發酵，有人說那個男人投海去了，事發數日後，漲潮帶來一具男屍，但面目模糊難辨身份。阿寶知道自己和這個案子永遠撇不清，默默關注案情的發展，並明查暗訪男女的行蹤。那一段日子，他變成另一個人似的，從聒噪變得沉靜，對於此事從不發表看法。一年後，我和他一同走在事發的地點，我忍不住問他調查的結果。

「男人走去跳海，細妹走去種崩崗。」阿寶低頭以客家話說，話音沉重，彷若一切早已水落石出，感覺他就像個小大人似的。

種崩崗，客家話，指的是跳崖自殺。崩崗，懸崖也。我當下被阿寶低沉的嗓音鎮住了，突然滿腦子迸出一幕幕影像，那女人跑得很急很急，經過白天黑夜，又黑夜白天，最後她爬上高高的懸崖往下一跳，重力加速度，就此把自己種在懸崖下。

我回神後，又覺得自己好像被阿寶誆了，踮起腳尖，用我矮小的身子湊近他的臉頰，緊盯他的雙眼，深深抽一口氣後，狠狠地用客家國語質問他：種崩崗，難道她沒流血嗎？

「該位所，已經開出一蕾蕾个紅花。」阿寶又用客家話悶悶地應我，那語氣像是親眼見聞。他說女人種崩崗後，那個地方，如今已經開出一朵朵紅花來。許多年後，我每次爬山，在懸崖下，在谷口邊，一看到紅花，就想起了她。

開花竹仔

畝畝田園中排排的竹林，是北台灣濱海客家莊有別於嘉南平原的地景。在「風吹牛皮猴」的沿海地，故鄉土壤瘦如猴，風大撼牛隻。竹林如幕升起，以擎天之姿，擋住風的吹襲，讓農作物安然生長。

我阿婆的菜園，大抵三年易地一次。不管是上畝抑或下畝，菜園必與竹林相毗，彷若擇鄰而居，如得庇佑。有一次，上屋阿田伯路過我們家的菜園，怔怔看了許久，未發一語，弓身而去，完全不理會阿婆的問候。

其實，阿田伯過年後就悶悶不樂了。早年，鄉下人愛算命，聽信街頭那個長年坐在交椅上的盲人算命仙。算命仙說阿田伯只能活到六十六歲，凡我村莊被他算過壽的老人家，沒一個逃過他的鐵口。日子長長短短瞎著過，不知不覺阿田伯就來到了這歲數，他覺得自己比牛壯，怎麼就這樣要結束了呢？他意志堅定，決定用雙手抵住命運的洪流。不過，不知怎麼的，那一天他站在阿婆的菜園，一句話都沒說，心情硬是沉了下去。

阿婆嚷嚷，阿田伯真沒禮貌呀！好歹她也算是長輩，兩家又沒犯仇，關係也沒這麼鐵，幹嘛陰著臉。很快的，這話渣兒從上屋傳到下家。兩天後，阿田嬸上門來解釋了。她說，阿田伯起初認為自己還可以超過六十六，但是最近發生太多事。他生肖雞，上個月家裡那隻公雞好端端就死去，阿田伯覺得牠代表著他。前些日的一個晚上，阿田伯寐中聽到有人喚他的名，晨起，開門，見一大錦蛇看到他後匆匆離去。第二天，那蛇又來了，牠和他對望片刻後，蛇掉頭又走。阿田伯認為那錦蛇，分明就是閻羅王派來確認身分的。唱名，看對象，應該就是閻羅王在辦點召，看來大去之日真的不遠了。她說他心情不好呀！要我阿婆別見怪。

「毋會啦！喊佢毋使驚啦！」阿婆皺眉道，算命嘴胡謅亂掰，千萬別太給他鼻子上臉了！要阿田嬸轉告阿田伯，別怕。

「該日，又在你个菜園看到開花竹仔呀！」阿田嬸補上了這句話後愀然改容，接著嗷聲如雷，哭得我們家後院的土狗跟著汪汪叫。

開花竹仔，客家語。仔，尾音也。客家老祖宗，以竹子一旦開花，不久便會枯死來形容人短命。阿婆此時才覺得事態嚴重，惶惶的氛圍驟然彌漫開來。菜園竹林哪支竹開花了呀！阿婆兩手放在心肝頭摩挲，眼臉糾成一團，像是在冥想、思辨，看來老祖宗的話她不敢怠慢。就在阿田嬸又一次驚天一嗷中，阿婆腦筋頓開了，既然阿田伯看到開花竹仔，以為自己就快死了，那索性就把它砍了，眼不見為淨呀！她同時要阿田伯，把蓄了多年的長鬍子剃掉，別老是一派捋著鬍，動作太明顯，如此就可讓閻羅王找不到人。

這個建議，阿田伯大悅。那一陣子，我在路上見到阿田伯都沒喚他，因為鬍子剃光的阿田伯，總覺得像是換了人似的，招牌動作不見後，他又多活了十八年。閻羅王因找不到人而停止點召，似乎確有其事。此後，我在客家莊看到開花竹仔，沒二話，就動手把它給砍了。

撞走

客家話，是我母親舌尖上的語言。它，是我的母語。

講了半個世紀的客家話，只能說它妙得無法言喻。言外之旨、弦外之音，不是三兩下就能說清，如果硬要湊合著解釋，當下精準了，但時間一久，又會悄悄長出了隔膜。像黴菌，在移動的時間中隱然成形。五十歲後，我深深覺得母語就是母語，母親就是母親，它們各自都擁有無可取代的基因。

學童前，母親經常帶我坐火車到湖口外婆家。那年，義民節由湖口聯莊輪值，午後，吃大拜拜的人潮，漸次向縱貫鐵路沿線靠攏。我因身子矮小，上火車後被推擠，沒有和母親站在一起，不過我的眼睛一直往母親那頭看，深怕母親不見了。平快車轟隆轟隆地跑，停站前又嗚嗚嗚地響，我向車窗外頭望去，直覺湖口到了。火車一停妥，在上下車的人潮中，發現母親不見了。我急忙下車，惶惶站在月台上左顧右盼，母親真的不見了，再往更遠處看去，才發現這裡不是湖口站。火車已經開始移動了，關門落閂，在移動的車廂中，我看到了母親。

我驚呆了，但沒哭，那年我才七歲，第一次清楚聽到自己的心跳聲。我原本打算沿著鐵軌追火車，又怕被火車撞死。知道自己是提前一站下車的，那個站名叫富岡。從富岡到湖口，約莫六公里多的距離。我走出車站後，因還沒讀過書，不識字，又不會說國語，就靠著客家話向人問路：「請問湖口火車頭（站）在哪位？」所幸沿線住的幾乎都是客家人，我朝著路人指的方向一直跑，一直跑。

母親下車前就發現小孩不見了，研判我應該是夾雜在人潮中下車了，火車駛離後又遍尋不著。我在二公里外疾疾的步履交錯中，感受到母親心中的慌亂。路，長在人的嘴裡，客家莊長輩都是這樣教小孩的，我每跑一段路，就用母語向人問湖口火車頭（站）在那裡。一個鐘頭後，我跑到了湖口火車站，在大鐘下方，一眼就望見了母親，懸空的心倏忽著地。我再也忍不住了，跑上前去抱著母親大哭一場。

「你撞走了，轉來就好。」母親把我抱得緊緊的，她的心跳比我還快，兒子的緊張，在母親身上是加倍的。

撞走，客家話，迷路的意思。稍長，每每思及此事，總覺得那個「撞」字，是莽撞，幸虧母語幫我回到母親身旁。上個星期，我回客家莊，母親告訴我，上屋的叔婆住進養老院了，起初挺歡喜的，不過，最近卻不停嚷嚷說她撞走了，在院內坐立難安。我心裡想，叔婆這一生聰明機智，也不莽撞，從來就沒迷過路，怎麼可能迷路了呢？更何況她就住在養老院裡呀！聽說院裡住著三十多位老人家，就只有兩個客家人。打從另一位客家大嬸因為月費太昂貴的因素，換了別家養老院後，沒人可與交談，叔婆鎮日喃喃自語，陷落在一個全然陌生的語言環境中，她便說自己撞走了，她想要回家。

自從有谷歌大神畫的地圖後，許多年來我再也沒聽過「撞走」這個詞彙。乍聽此事，百感交集，驚覺客家人的「撞走」，如今已超出我既有的想像。我年少時迷路，是去不了要去的地方，如今我在叔婆的晚年裡，發現她迷路在找不到的母語國度裡。這個時候，撞，已經不再是莽撞了，而是像離開水面的魚，在泥地裡扭腰、跳撞，渴望母語的濡沫，回到水中的家。「撞走」這個詞彙，幾乎用了我大半生的時間，才有更深的體認。設若我不是客家莊長大的小孩，身上沒流著客家莊文化的基因，恐怕這一生都無法那麼清晰入裡。

母語，年紀越大時，越覺得它是族群共同的家。鄉音到耳是真歸，我深深相信，終有一天，每個人都會在母親舌尖上的語言，找到回家的確鑿感。

黃瓠仁

種籽，在客家莊是婦女的私藏，是安身立命的保命符。對母親來說，種籽是她生命中珍貴的嫁妝。

母親這一輩的客家人，結婚時嫁妝區區可數。我的外公呂傳忠，五十年代是湖口地區有名的木匠師傅，親手製作八卦床作為女兒的陪嫁物，左右床板各有一才大小的飾板，外公精心打磨，一刀一刀鏤刻的花鳥啁啾至今。花朵嫣紅，竹葉新綠，五色鳥栩栩如生，在匠人脫手的剎那，早已注入靈魂。直到今天，外公早已乘鶴遠去，但這些花鳥沒有下崗，母親每看一回，便說一回，春天來了。他給女兒的嫁妝，是無盡的春天。

嫁妝就如此而已嗎？母親想了又想，再也想不出當年出嫁時，究竟還有誰送過她禮物。即便有之，亦絕非名貴的珠寶金飾，也只有那些零零落落不起眼的小東西，才會如此若有似無，被遺落在記憶的千里之外。

六十四年，姐姐讀觀音國中時，早晨朝會，立正稍息，訓導主任在後方來回踱步，緊盯學生稍息的動作是否到位確實，目光莫名地在姐姐手心間停留了好久。她隱隱地感覺，主任在注意她，緊張地將小手貼得更好，也因為太緊張了，從手心冒出了汗汁。主任趨前問道，妳是不是生病了？在眾多小手中，她手心的顏色最特別，如同上了黃蠟，又像黃花花的秋天。她當下連忙看看自己的小手，看看主任，空洞的眼神若帶驚懼。放學後，狂奔回家找到母親哭訴，說自己生了重病。母親和她一起伸出雙手，也叫我伸出雙手，三人比一比，發現大家的手心都黃溜溜的。姐姐心裡還是黑咕籠咚的，天色未暗，她獨自步行至村頭村尾找同學細細打量，最後結論是自己並沒有與眾不同，整個村莊的小孩子手心都一樣黃啊。

幾天之後，訓導主任發現了黃手心竟然也有群聚的效應，滿肚子疑惑。趁著學校做家庭訪問時，他來到村莊，取一瓢茄苳溪之水探了又探，又到我們家後院那口井望了又望，找不出究竟，索性直接問母親，平常都給孩子吃些什麼。母親未加思索隨口應答，小孩子都喜歡把南瓜當飯吃。主任似乎找到了一絲草灰蛇線，但也納悶著，那也不至於整個村莊的小孩子手心都這麼黃。

「係共樣種啦！」母親突然哈哈笑了起來，說大家都吃同一種類的南瓜：「係當年從湖口傳來个黃瓠仁。」

黃瓠，客家語，指的是南瓜。仁，果核中的種子。母親突然想起了一件事，當年她穿好婚紗要遠行時，外婆用日曆紙，折成一個平安符的樣式，塞進了她的腰間。那不起眼的包裝，容易讓人不經意就忽略，裡面有三粒南瓜的種籽。外婆不是種田人，家沒田地，她和外公早年就住在湖口達生南路的大圳上，木搭的樓房拆卸後已改建陸橋，這裡距離縱貫鐵路很近，小時候我在鐵道右側，看見外婆種的南瓜遍地結果。那南瓜的藤鬚，如同蝸牛兩根天線，隨著南來北往的火車爬行蔓延。在貧窮年代，纍纍的果實溫飽十來個子女，長大之後，向遠方的夢想出發。

母親嫁來觀音後，灑下黃瓠仁，數月後大豐收。這類南瓜又大又甜，又耐久藏，在糧食青黃不接的季節，一度權充為客家莊的主糧。莊裡的婦人，紛紛向母親索取黃瓠仁種植，三餐食南瓜成為一種常態，莫怪本地小孩子手心黃溜溜、面色黃甘甘的。母親方才大悟，原來當年外公給予她一個春天，外婆許諾她一個秋天。春秋之間，嫁妝富可敵國。

我高一那年，桃竹苗受五二八大水災之患。家門前的茄苳溪，以及後方一公里外的新屋溪相繼氾濫，在潑天怒濤的夾擊下，父親要我們做好逃難的準備。母親沒有珍藏之寶，只見她撕下牆上的日曆紙，包了數粒黃瓠仁繫在腰間。如今思之，或許是出自一種安全感吧！那才是客家莊真正的平安符。

打眼拐

客家人受到傳統禮教的影響，眾目睽睽下，總是不輕易對另一半示愛。依我的觀察，我爺爺對奶奶的愛無影無蹤，絲毫理不出頭緒。到了父親這一輩，就被我看出了破綻。有一年，母親生病了，父親在眾子女面前對她說：「我是沒有錢給妳看醫生嗎？」哇！這個愛九彎十八拐，又像是明抑暗揚，咄咄的質問中，翻江倒海暗渡無限的關愛。母親掂出父親的話意，撇撇嘴，甜蜜在心頭。

我確信自己傳承了爺爺和爸爸含而不露的客家基因。基因神奇如鏈條，舉手投足、樣貌神情，乃至於秉性，環環相似。結婚多年，我未曾牽過妻的手踏街，或在大庭廣眾下大方示愛。前些年，家門前馬路大興土木，疙疙瘩瘩的道上，妻抖抖瑟瑟走在後頭。我收住步，等她跟上來時，出其不意拉著她的手走了數十公尺，光天化日下漫步於愛情步道，當下讓她涕淚縱橫。其實我是怕她跌跤了，並非出於浪漫，她感動若此，讓我至今不敢說出真相。人生海海，那也算是大浪淘沙中唯一裸露的愛情光澤。

其實客家人對於愛情，也並非就此生硬無趣。自喻如同溪裡的石頭，不見天日依然受到水的潤澤。我常想這只是一種彆扭，或說是老實木訥，在成團成簇的眼神下，對愛情窘於表達罷了。但潛意識裡，我還是羨慕那些會在臉書公開放閃的老夫老妻，或是在視者如堵場合中浪漫求婚的佳偶，這些驚天動地的事，我這一輩子是如何也學不上來，就衷心盼望吧！希望透過基因改良後，下一代對愛情表達，可以不要如此正話反說或拐彎抹角。

今年四月間，春日，臨暗時分，兒子要到臺南一家醫院實習。晚餐後，我載他去台中火車站搭車，沿路上父子閒話家常，並無任何異常。他到了臺南以後，我已經睡著了，他先打了一通電話向我報平安。電話掛下後，旋又鈴鈴不安地響起：「爸爸，我決定今年要結婚，這是我的人生規劃。」我睡在床上大吃一驚，猛然坐起。他還是個大學生，怎麼突然就要結婚了呢？他的人生已經規劃好了，可是我這個老爸還沒有準備好呀！我連忙跳進浴室，洗了一把臉，抽了兩口氣，深呼吸。發現自己五十歲後，仍然要學習抗壓，於是答應了他。

怎麼就沒任何徵兆呢？人生大事可以如此隱於無形。我只知道他和我一樣，年輕時有個班對女友，卻沒聽過他們太多的戀愛情節。見過他們在一起幾次，瞧不出親暱，在外人面前看不出任何端倪，只是這婚姻大事，好歹也該當頭對面跟父母說個明白。我突然又想起了那一種微乎其微的客家式基因，真的假不了，假的真不來。或許，隔了時空，透過電話，便以為可以少卻一雙驚呼的眼神，這都源自那般基因隱隱作祟。

母親對這項突如其來的婚事一派自若，鎮靜得讓人覺得反常，我向她娓娓道來基因的強大，全然克隆葉氏之祖。她頗不以為然，認為愛情必有跡象，如同近海的家鄉，每當大霧將發，鼻子早先一步嗅到水氣，怪我駑鈍未察。

「仰般講咧？」我問母親何以見得。

「做得打眼拐啊！」母親笑微微的應道。

打眼拐，客家語，指眉目傳情。拐，彎也。世間男女間的愛情，在牽手、親吻、擁抱或大聲示愛橋段外，母親這一句話，證明客家人對愛情的表達早已獨闢蹊徑，那拐了彎的眼神，藏著旁人不易察覺的款款深情，誰敢說這不是浪漫的愛情呢！因為轉彎，撞見了不一樣的春天。又何必羨慕他人，客家男人眼睛是會說話的。

起屋

在我習書的過程中，每遇「屋」字，定將部首「尸」寫得粗粗壯壯，又把「至」線條寫得擁擠堆疊，如同摩肩接踵。從抽象藝術來看，「尸」像是厚實的掩蓋物，足以遮風蔽雨，人「至」其內，安之其中。「屋」字對我而言，非常親切。小時候，我只要聽到蕭屋、葉屋、宋屋之類的地名，就可以斬釘截鐵的確認，此地就是客家莊。

《淮南子．齊俗訓》中提到「廣廈闊屋，連闥通房，人之所安也」。數百年前，客家老祖宗橫渡黑水溝來臺，面對不同族群的緊張關係，同一血統的家族，一灶共飧，團結對外，衍生出來連闥通房的客家伙房屋。屋，自茲以降，對客家人而言意義非凡，有如覆被的溫暖，又如大樹的蔭澤。然而時代日推月移，客家莊如今「屋」與「厝」的稱謂混淆不清，甚至在行政區域的重整中，「屋」字屢遭折騰、蹂躪，甚至被迫下架。明明是老屋，卻硬硬被冠上古厝的頭銜，表面上看來無關閎旨，像是小題大作。但是久而久之，就變成客家人心中揮之不去的隔膜。

事實上，客家莊的房子不斷質變中。三合院、四合院之類的伙房屋，如今所存無幾。當農莊年輕人口嚴重外移，步伐每入院落，就有一種荒涼的感受。去年冬天一個非假日，我在近午時分回到客家莊，路上杳無人煙，住家附近小學鐘聲響起，我站在一旁等待蜂擁而出的下課盛況，猛然發現那下課熱鬧的喧譁早已絕響，驚覺自己離鄉這麼多年，故鄉也逐漸離我遙遠。我突然懷念起和伯伯叔叔們同住在三合院中，共食大鍋飯菜的熱鬧景象。當整座客家莊只剩老年人口時，「屋」字裡的紛至沓來，早已不復從前。

我有一友，素來投資眼光精準，在客家莊許多年來未有大型建案推出的情況下，大興土木，一大幢建物高聳雲霄，宛若異軍突起。我初以為他創辦的實驗小學轉進了偏遠客家莊，因為那些年，城市人正流行讓小孩念鄉村或森林小學。一年後，我接到他的來電，邀請我出席開幕典禮，當下，我想送一對花籃祝賀。

「請問起屋係做麼个？」我問他建造這幢房子是要做什麼的，頭銜又要如何冠之。

「係愛做老人院啦！」他說是做養老院的。他瞞我這麼久，不禁哈哈人笑起來。

起屋，客家語，指的是蓋房子。起，建造也。「起屋」和台語中的「起厝」，都是建房子的意思，白話通俗，本無須在意，但由於伙房屋的歷史文化，讓生於斯長於斯的客家子弟錙銖計較了起來。前些日子，知識分子發起了「為屋正名」的運動，他們害怕數代之後尋根不著，我深表認同。只是如今的客家莊，伙房屋人去樓空，昔前一灶共飧的形式，如今被共食共伙的養老院取而代之。即便有了「屋」的稱謂，恐怕也只是徒留空名又徒呼負負。

為什麼不做老本行呢？朋友笑稱老人院好做，現在人將父母送進養老院後，忙於事業，都以為父母親會活得很久，疏於探望，父母一旦亡故，只要院方有送醫救治，少有人會再計較。辦幼兒教育就大不同了，小孩子少了一塊皮，大人們官司就沒完沒了。他的投資經講得頭頭是道，我在電話的那頭，心中猛然有一股回鄉的衝動。「爹娘思子長江水，子思爹娘扁擔長。」我想回去故鄉，回到我父我母一磚一瓦親手打建的老屋，充實壯大那「屋」字的內涵。

屋，我懷念那厚實掩蓋物下的熱鬧非凡。有親人的關懷，有人性的溫暖，才會讓客家的「屋」更具意義。

放勢

每年七八月，家門前茄苳溪兩岸的樹林，彷若長滿了喉嚨。蟬聲如雷轟炸，幾乎湮滅了整座客家莊，牠們像是為生命喝彩，但當其拉起尾音，由高入低戛然而止時，又像是感慨生命的短暫。

兒子四、五歲時，我經常陪他看百科，才知道一隻蟬，從卵、若蟲修煉成蟬的過程並不容易。節肢類的蟬，牠們在泥土中的時間很長，在世間透氣的時光卻很短。一種產於美洲中部的第十三代蟬，若蟲期間，蜷居幽幽土中長達十七年不見天日。牠們在暗中吸食樹根的汁液長大，一旦時候到了，便成群結隊在夜裡鑽出，爬上樹枝，並趕在黎明前羽化成蟬。在僅僅一個月生命裡，聲嘶力竭，大鳴大放，瘋狂交配而後死去。究竟這是壯烈抑或幸福，我年輕時始終無法悟透。

一年多前，我在蟬聲四作的夏日午後回到客家莊，在那棵老蓮霧樹上找到了兩隻蟬的身影。當我挨近牠們時，蟬兒若帶防備止住叫聲。眾蟬彷若沆瀣一氣，世界在瞬間安靜下來。那棵蓮霧樹，是村裡唯一的一棵，是已故叔婆親手栽種的。可能是因為故鄉濱海，果實僅為一般蓮霧半顆大小，苦澀中裹著微甜，但外人總是無法體會，第一次淺嘗者多半是吐舌發顫，眼臉糾結。叔婆往生十多年了，房子空著，果樹閒著，蓮霧樹幹變粗，枝葉轉密，形體越來越大，但就是不開花結果。我聽母親的建議，以鋸子去除十來枝若腕臂粗的枝幹，果然今年花兒盛開，果實纍纍。那小小的蓮霧彷若掛在樹上的紅鈴鐺兒，讓我得以循聲重溫兒時的味道。

「今年蓮霧放勢打子。」母親喜孜孜地說，蓮霧樹今年盡情的開花、結果。她一廂情願認為是自己截枝的策略奏效。

放勢，客家語，盡全力的意思。打子，指的是樹結果實。母親雖然高興，但問她何以然，卻吭吭哧哧地說不出來由。倒是我若有若無的感受出，這棵蓮霧似乎早已蟬化了。蟬，生命短暫，從另一個觀點看來，牠們被時間緊緊壓迫著，促使牠們在來到世間後，在短短的兩三星期中必須狂熱交配，傳宗接代，而後集體浩壯死去。當我依母親的想法，一拉一推鋸去蓮霧枝幹，它有可能哀哀叫疼，甚至血流不止。蓮霧樹的生命在此時受到了威脅，在它危急的時候，猛然出現了繁殖的意識，於是放勢開花結果。

客家莊埤塘甚多，村人養魚其中。過去我常聽說過一件事，在風調雨順時，農民經常埋怨埤塘裡的魚，怎麼就是不會生小魚。但若天逢大旱，池塘水少枯竭時，卻意外地出現滿埤塘的小魚。這個景象，更是反映在家門前的茄苳溪上，當蜿蜒的長溪因為天災就快要斷了流水，河床低凹處，大小鯽魚卻群聚一窪。想必是同樣的道理，水窪漸窄，乾旱重圍，魚兒們的生命受到環境的壓迫，牠們就會放勢交配，延續後代魚子魚孫。不管是出自意識或是非意識，這都是生於憂患的大自然本能。我始終相信，溪魚經年累月在兩岸樹林放恣的蟬鳴裡，早已耳濡目染並日漸蟬化。

二十多年前，我患了猛爆性肝炎，在生死交關的那一段時間，我老是覺得自己又性感又繾綣又多情，對房事索求無度，常讓妻納悶不解，病人在這個時候不是應該好好休息嗎？何以如此漫無節制又放勢而為！如今我豁然開通，我這個抓蟬、聽蟬聲長大的客家莊小孩，也在不知覺中被蟬化了。

打白行

六十年代，農莊文盲多。客家人受到老祖宗「晴耕雨讀」的訓示，村人一窩蜂利用農忙後的夜晚拜師學習漢文，拿起毛筆寫大字。他們以舉鋤掘土法進行書寫，緊抓筆桿如同手握鋤頭，在抖抖索索間使上蠻力，面目帶些猙獰。寫一張紙如同墾上一畝田，書寫像是田事之外更大的勞動。我小時候耳濡目染，寫書法時表情並不輕鬆，很像在上大號。

運叔是客家莊書法第一好手，但在農村畢竟英雄無用武之地，淪落在喪葬場合寫輓聯。我年幼時喜歡書法，愛跟他屁股當書僮，遊走客家莊，小小年紀，寫字也沾滿江湖氣，架勢蓋山河。

一日，下莊一個有錢人做仙去了，那個人朋友三教九流，告別式前一日法會冠蓋雲集。運叔蘸墨，落筆聯布，眾人目光會集。一個前來捻香者，蓄鬍、身材微胖，帶著大圓帽，不諳客語，應該是個外地人，他反絞雙手，欲言又止似的。我一眼就掂出他躍躍欲試，連忙示意運叔讓筆。他沾墨後疾書，筆勢跌宕錯落，如歌如泣。一對聯二十八字，在口念筆隨間就揮就。停筆霎時，我看到他眼角泛著淚光。這樣在點畫線條間的心中波瀾，我似乎感受出那般搏動。他寫的是草書，我大概就只認得一二字，運叔則可推敲四五字。大師就是大師，縱筆馳騁，如同潮水湧過沙灘，深情自然流露，我真想把那輓聯偷偷收藏，但又深怕這是不吉利的事，反覆一瞧再瞧。人外有人，天外有天，運叔此刻呆定若失，所受的震撼不由分說。

「寫十年大字，正經就係打白行。」運叔凝神過來，旋狠狠的跌坐在圓凳上。他覺得自己寫了這麼多年毛筆，全然白費功夫。

打白行，客家語，指的是白走一趟。此刻對於運叔來說，打白行，更有一種前功盡棄的感慨。不過，這個感覺很短暫，第二天告別式，那個捻香者一出現，運叔不恥下問那些不識得的字，只見大師念得詰屈聱牙，格格不吐。啊啊啊的，啊了半天啊不出來。我在一旁為他緊張，發現他的喉嚨卡在下聯第二字，輓聯高高掛，矮小的我將頭仰得高高的，感覺他就像是爬上了樓梯下不來。

「你昨日怎麼不問呀！」捻香者搔頭，用國語如是說。

原來他寫的字，自己都認不得。昨是今非，那肯定是在畫符了，運叔暗自心喜，經過一夜失落，此刻彷若得到救贖。這段往事許多年後，成為運叔閒談的話渣，逢人便說起。彎腰大笑，駝下的身子，又像是走不出的一團陰影。往後的日子，運叔對於書寫更加錙銖必較，對錯的界線涇渭分明，緊守寫字戒律。我在求學的階段，他每次遇見我必定滔滔不絕大談書道，也會提起捻香者那段往事。

離鄉工作，多年未見到運叔。今年，我在一個乍暖還寒的春日遇見了他，、越籍看護以輪椅推他在家門前晒太陽。運叔如今白頭堆雪，腦子時好時壞，糊塗時多，清醒時少。他隨口邀我進家坐坐，這是客家人見面的口頭禪。當我要離去時，不經意往門內一瞥，為茶几上一張書法止步。趨前一看，盡是運叔胡亂塗鴉之字，我全然認不出來，但喜歡如今他書寫時的歡喜，線條天真拙趣無邪。駐足間，我想起了撿香者，想起當年那幅輓聯的雜亂紛陳，筆隨意走。我更加確認書寫這件事，在某些時候，早就把識字的義務拋諸千里之外。

現今書壇，不乏拾人牙慧，自大於冰山一角的書寫者，他們把雞毛當令箭，又把紙船當坦克，吹牛皮不上稅，一副大師態樣，要眾人依其所定下的金科玉律來書寫。不就是寫個字而已！何苦把古人認為人生餘事的書寫，如此繃緊神經嚴正以待。真情書寫，怎麼會在一個字上面打轉呢？我想等運叔更清醒時告訴他，他從來都沒有打白行，在他雙腿不能遠行的當下，落筆於紙，思飄萬里。每一趟不會白走，每個字不虛此行。

懶尸

客家莊有一懶女，茶來伸手，飯來張口。一日，夫將遠行，為恐其挨餓，製紅龜粿，大如鼎，以索串之，懸其頸項。詎料，其僅以餅就口，便懶得將龜粿移位食之。數日後，其夫歸，懶女餓斃坐癱交椅軟墊之上。龜粿上的印模「壽」字，完好如初。

這是母親在我小時候，常向我說的故事。客家莊早年沒有沙發，據說跟這個懶女有關。沙發軟趴趴的，小孩子坐沙發，坐沒坐相，經年累月後便打不起精神來。阿南伯家境普通，卻不知何故，六十年代即率客家莊之先，擁有一套沙發，我一直想探究原因未果。墨綠色的外表，木質扶手面，在只坐過矮板凳、高圓凳小孩的眼裡，這套沙發極盡奢華，如同宮中擺設。阿南伯長子是我同班同學，我把他家列為走門串戶的重要據點，但終究未能如願坐上沙發。主要原因，是阿南伯若有顧忌，像是怕我們小孩子屁股太硬坐壞了沙發。這個我承認，我年幼時確實「股」瘦如柴。

九降風忽魯魯吹著，我心中盤算，遲早有一天，阿南伯會到下莊和其他農戶換工種植芥菜，我和同學便可乘時到阿南伯家，藉討論功課為名，去體驗軟綿綿的沙發。這個約定諱莫如深，眾人守口如瓶。週三午後，學校放學，同學相約操場打球，當下獲悉阿南伯不在家，眾人旋改弦易轍飛奔而去。當我一跳上沙發，彷若自己每一寸肌膚，都獲得了妥貼的愛撫。又如涸轍之鮒，頃刻間獲大海江河的擁抱。我覺得沙發這種玩意兒，根本就是為客家莊瘦皮猴小孩設計的。沒一會兒眾人呼呼睡去，後院竹林桂竹咿歪作響，像是反覆不止的開門、關門、落門聲。習以為常，讓人失去防備。

半夢半醒間，我彷若聽到有人咿歪開門，這聲音頗不尋常。仗恃消息十分可靠，我依舊閉目，認為絕不可能是阿南伯回來了。登時，我又彷彿聽到不尋常的氣息，一如暴風雨就將來襲，感受到一種體溫正逐漸向我包圍、靠攏。像是鶴立雞群，讓我覺得壓迫。我睜眼，看到了氣急敗壞的阿南伯，用生氣水牛的眼睛瞪著我。

「這兜懶尸牯，睡死忒咧呀！」我還來不及反應，阿南伯便破口大罵，聲音如雷貫耳，說我們這些懶惰蟲是睡死了嗎？那聲音抽動我敏感的神經，還來不及站起，便滑下沙發椅，連忙爬起竄出門外。跑得最慢的是阿寶，他把四肢和身體張成一個「大」字身陷沙發，慌亂中找不到著力點，出來時褲襠濡溼一片。

懶尸牯，客家話，指的是懶惰男生。我可能是受到母親故事的影響，當下心中不是滋味。我記得母親也是用客家話「懶尸嫲」來稱呼故事中的那個懶女。我對「尸」字極其敏感，覺得應該就是懶女的屍體。阿南伯怎可以這樣罵我，我還沒死呀！打從那次開始，我便很少再去他家了。數年後，那組沙發被棄置於茄苳溪畔。趨前一看，沙發的內裡塞滿稻草。那個年代客家莊整體美學教養不足，把家裡一堆古樸的實木桌椅，去換塞滿稻草的沙發，我卻沉淪在那種軟綿綿的假象裡。

這麼多年來，我聽說過諸如此類不同版本的故事，也對那個「尸」字有更深的了解。那一丿，像極了一個人，靠背，腰身就像一彎流水止不住下滑，是懶女那一副死樣。後來我在漢字學裡，發現古人在祭祀時，因為不忍親人早已不在人間，就用活人「尸」坐在几上來代表接受祭祀並餵食。這麼說來，客家話「懶尸」這樣罵人的話，應該是指懶洋洋的活死人。至此，我才對阿南伯當年的指謫稍微寬心。不過，說不在意是騙人的，二十多年來，我搬了三次房子，從來就沒打算買沙發，妻一直耿耿在心。她不知道，一組沙發在客家莊的典故。

鴨嫲嘴囥吮

我父母這一輩的莊稼人，沒讀什麼書，也沒上過語言補習班，卻天賦異稟精通多種語言。對雞說雞話，對鴨說鴨話，對牛說牛話。間有的時候，觸及昆蟲植物，甚至無形。

這些話術，馴服味重。在黑夜和白天交接的臨暗頭，餵豬吃飯，牽牛轉屋，趕鴨回舍，叫雞歸籠，在客家莊是限時性的工作。天色暗得很快，一旦錯過了關鍵時刻，如墨的黑夜隨即降臨。在沒有路燈的年代，成群的雞鴨就會在暗中原地打旋繞圈，迷迷怔怔回不了家。

我一直認為，中國「對牛彈琴」「鴨子聽雷」「呆若木雞」以及「豕突狼奔」這些成語，證明彼等動物悟性不強，不聽使喚。但客家莊的長輩，像是與生俱來的溝通好手。盛滿豬食的木桶「咚」一聲落地，熟睡的豬隻瞬間蠢動，母親「卒卒卒卒」的發聲，像是叫豬隻起床吃飯囉！許多年後，我發現客家莊黃昏時幽幽的豬舍，是一齣唯美配樂的動漫劇。豬群的騷動，母親的身影，漸落的日頭，整座豬舍的氣息，「咚」一聲，緩緩流動著我中年的鄉愁。

母親左手捧著大缽頭，右手攪拌剩飯和飼料，她拉長喉嚨「珠——珠珠珠珠珠珠」，聲音由大而小，漸行漸遠直翳天聽，來回數次後，在竹林、小溪邊四處遊蕩的雞群聽到了，「咕咕咕咕」的應著，飛奔到她的眼前，雞舍一時歡聲雷動。此刻父親也在餘暉中趕牛回家，在瘦小的牛車路上，「後使、後使、後使……」的喚著，聲音的節奏，決定牛隻步伐的快慢。後使，我發現這個詞彙，彷若也是父親趕牛回家的寫照。他不是拉牛回家的，而是站在老牛後方出聲使喚。以牛繩輕拍牛腹，後使，天黑了，快快回家吧。老牛經由父親溝通，牠似乎也懂得中文。

最難溝通的是茄苳溪畔的鴨群，上岸後左搖右晃呷呷喧鬧，母親用手勢輔以「鴝、鴝、鴝」的出聲，讓牠們平安返家不致落單迷途。鴨子聽到了聲音，卻辨別不出聲音的方向，晃頭晃腦，沿路仍不停左右覓食，雜草、泥堆、碎石全不放過，以喙銜銜嚼嚼。我時常懷疑，群鴨是否在胡亂的覓食中，找到了可吃的食物，滿足自己的腹慾。

如今這些客家莊黃昏的場景，早已依稀。馴服話術，一無用處。日子瞎過著，料誰也不會再提起那些陳年舊事。幾年前一個風呼呼的夏夜，我回客家莊住了一宿。那日黃昏，茄苳溪岸鑽出大批馬陸，成群結隊爬上三合院的晒穀場，眈眈向前急欲侵門入戶。豈料那夜客家莊發生了一場地震，當下我魂飛膽落，疾奔門外，就在此時，聽到母親在房間內發出怪聲。我初以為她是驚惶過度不知所措，沒想到她安然坐在眠床刀上，「後使、後使、後使」的發聲。我說母親地震了，快去禾埕吧。母親不走，揚言地牛就要走了。我一個念頭就拉回四十年前的牛車路上，父親「後使、後使、後使」的馴牛，讓牛隻回去應該回去的地方。

「妳這步數哪有效囉！」我調侃母親，你這個方法哪有效呀！我仍心有餘悸。

「鴨嫲嘴囥吮啦！」母親以客語應我，她是學鴨子以喙沿路胡亂嚼食吸吮，說不定真的找到可吃的東西。

鴨嫲嘴囥吮，客家語，比喻母鴨覓食姑且一試的心態。囥，是不顧青紅皂白，在客家莊更是一種天羅地網，只要有可能的方法，都不會輕易錯過。母親堅信馴牛話術的厲害，接下來我不知道該說些什麼。地牛言聽計從，地震也真的停了，鐵證如山讓人無力反駁。那隻抽象的地牛，在客家莊具象存在。

洗盪

漢王昭君出塞，唐朝文成公主和親土蕃，異國聯姻牽涉龐大的民族和政治算計。在客家莊，許多異國聯姻，則受到「男大當婚，女大當嫁」的意識綁架。婚姻缺乏愛情基礎，事前未經核算，是大千世界的一門賭注。

二十多年前，第一個外籍新娘——阿好，嫁來村子後，異國婚姻就接二連三發生。男子到南洋相親，只憑一次直覺。女方以一面之識，一生相許。撇開愛情，男方以熱情交易溫柔，女方用青春交換依靠。付出和回饋間，多少存在著一些投資風險。

阿好初來，住家儼然變成觀光勝地，上屋下家紛紛前來串門，一窺渡海新娘究竟面長面短。到阿莉來客家莊時，就不稀奇了。外籍新娘越來越多，如繁花綴點茄苳溪兩岸。眾人這時倒過頭來關心，半年簽證期一到，外配必須回娘家。飛回去了，是否倦鳥歸巢，也許一去不返，成為考驗婚姻成敗的關鍵。有的外配自此下落不明，聽說她們會永遠躲在老公的背後無處尋覓。就算先生猛一回頭，也不得見。伊人，在水一方。

就拿阿莉來說，他嫁給憨富後，憨富言之鑿鑿，怕她學壞，彷若一切對阿莉的監控和拘束就變得順理成章，但說穿了，是自卑。自己沒讀什麼書，鄉公所人員好說歹說，要他讓阿莉去識字班上課，憨富就連個人情、績效都不給。再來，阿莉高佻，身材姣好，莊頭莊尾的男士在路上總會多看幾眼。憨富沒安全感，於是限制她的社交，鎮日把她留在家裡。可是留來留去留成仇，漸有磨擦。眼看簽證期就要到了，憨富心情也跟著日子七上八下。送她到機場，出關時，他心咚咚地越來越快，猛揮手說再見。她沒應，頭沒回，手從頭到尾都沒抬起來。

半個月過去了，憨富從一開始的心急火燎，到鎮日頹然坐在沙發上，兩眼熬成猴屁股，終究沒等個人影來。也才不過幾天，腮幫就塌下去。電話通了，那頭始終悶不作響，幽幽的氣息，像暗潮。又像是在如墨的夜裡，有人迷路走入失修的隧道，聽到一聲聲滴水卻無處尋蹤。又一波波走戶串門者，關心阿莉什麼時候回來。每問一次，憨富便沉了一天，有的時候還偷偷哭得鼻涕兮兮的。那人遠在天邊，眾人只能看戲了。自由無價，阿莉這場婚姻吃虧太多了，像是覆水難收。

溪水依舊蜿蜒流著，流向大海，漫向天邊。每個清晨，水聲和著婦女的擣衣聲。在那個年代男尊女卑的客家社會裡，家，並非婦女最自由的空間。清晨集體洗衣，讓她們身心舒暢，彷若人生獲得了另一種形式的解放。這一天，眾婆一如往常，擣衣也擣入話語和笑聲，濺起熱鬧的水花。突然間，阿好抱著一堆衣物來了，面容燦爛如花。眾婆一路眼盯盯看著她，又像是若有所思。阿好進入溪畔，眾婆竊竊私語後匆匆上岸，直奔憨富家。

「喊阿莉轉來，逐日來茄苳溪洗盪啦！」眾婆異口同聲對著憨富如是道。

「啊？」憨富索然，糊著。他全然不知眾婆的用意。

洗盪，客家語，指的是清洗衣物、器具。原來眾婆看到同樣是外籍新娘的阿好，在集體洗衫的時候，快樂得不得了，無來由就想起了遠在天邊的阿莉。眾婆認為，憨富不讓阿莉去識字班，就近還有茄苳溪洗衣班呀！眾婆獻計，請阿好打電話給阿莉，洗盪之事也獲得憨富首肯，沒想到過了幾天，阿莉真的回來了。

集體洗盪，洗去初來客家莊婦女離家的鄉愁，對這些外籍新娘而言，她們更從洗滌衣物中，盪去人們對膚色的關注、洗盡口音的異樣眼光，依循了客家莊婆婆媽媽，發展公共領域的老舊模式。溪水天長地久，沒有得失贏虧。

無像人个子弟

對於數字，我心存戒懼。在公務機關任職這麼多年，每遇採購案訂底價時，便覺得自己遭數字綁架，被擄進幽幽暗室。0是一記重拳，9是單腳罰站，8如五花大綁，7拐6勾5踢4插腰，3似擰耳2若跪，1蹬便嗚呼哀哉了。開標事畢，方才重生。

覺得自己又像是患了強迫症，把心肝兒和標單一併彌封，一窺再窺，一究再究。為了滿足這般症頭，好幾次將底價封拆開，重新檢視核對，幾近自虐。我記得小學四年級時，母親要標會，會腳來了七八人，各自在一張小白紙上書寫要搶標的數字。母親寫竣，令我校對後，我翻過頭就跑去玩耍，沒想到她又把我叫回來再看一次。我愣愣盯了幾秒，心想，這麼簡單的數字，竟也要一再確認，索性直朗朗念出來：就是240呀。母親嗔怒地疾疾捂住我的嘴。隔牆有耳，母親當然沒標到會。她板著臉，很嚴厲罵我一句話，我當時聽不懂，覺得她應該是氣憤自己，怎會生出這樣的兒子。

八十多年前，湖口客家莊發生一樁因數字的訛誤，肇致大悲大喜事件。在街尾經營豆餅生意的羅老闆，目不識丁，按月向日本商社採買一千個豆餅販售。豆餅大如車輪，在家家戶戶養豬的年代，銷路尚佳。彈丸之地，月銷千塊已經不易，豆餅還必須置於通風、避光之所，否則容易發黴。囿於場地和銷路，羅家一次不敢採買過多。偏偏有一天，商社人上門來，閒談中揶揄一千塊的豆餅，應該就是羅家的天花板。是日夜晚，伙計寫好次月訂單，羅老闆看了又看，想起白天時，那人帶鄙視的口吻，心中頓時燃起挫其銳氣的意志。拿起筆來在1000後面加個1字。心中竊喜，就多訂一塊豆餅，便可堵住其人之嘴。事畢，抿嘴暗笑。

一個月過去了，他接到火車站通知，要去領１０００１塊豆餅，一下間還理不出頭緒，經由伙計瞭解詳查，再三解說他才弄清楚個眉眼來，弓跪伏叩哭倒在地，如同一張彎彎的木犁。豆餅如數已到火車站了，羅老闆為湊錢付款吃足苦頭，更為豆餅的銷路一夜白頭。所幸九一八事變在幾天後發生，大豆在生產地惶惶飄搖，貨源缺得又猛又急，水漲船高，羅家拜大時代之賜解危，還賺進了為數不小的錢財。

母親是湖口人，常聽父執輩講起此事，對於數字從小就戒懼在心。她也常向我說這個故事，卻總把事件始末聚焦籌錢的恐懼，以及可能因周轉不靈而肇致的潦倒，對於羅家最後因禍得福卻隻字不提。我總是用一種怯生生無辜的眼神望著她，九一八事件，是課本的歷史，一萬零一個豆餅的故事，還不如一千零一夜的天方夜譚這麼好聽。幾個月後，我的想法驟變，兄姐的學費遲繳屢被學校催討，父親原急錢購置捕鰻生財的器具，也拖過了鰻苗盛產季節，左支右絀像滾雪球一般壯大，如同卡債的循環利息，逼得人找米下鍋。驚覺數字如索，稍一不慎就會被絆倒一生。

這些年，每回機關標案定底價時，便會不禁思及此事。告訴母親我工作上的細節，以及自忖患了強迫症狀的可能來由，她總是呵呵笑著。有一次我們母子間的談話，觸及當年標會的往事，未料其依舊耿耿在心，旋愀然作色向我說道：無像人个子弟。

無像人个子弟，客家話，罵人語，指行事風格不太正常的人。母親很少對我講過這樣的話，她對數字正確性的重視可見一斑。時間迅即倒轉拉回年少標會的場景，我彷若又看到四十年前氣急敗壞的母親。唯恐客家莊數字肇禍的事件重演，我持續在辦公室陪著數字彎彎繞。我想這樣也好，以免自己落得無像人个子弟。

半鹹淡

早期客家莊的長輩，習慣在飯席間叮嚀小孩，要多吃飯，少吃菜。「吃飯配菜」像是老祖宗代代相傳的智慧。偏偏客家莊唱反調，「吃菜配飯」的小孩比比皆是，大人們指摘的理由冠冕堂皇，聽了讓人瞠目結舌：吃這樣多菜，會鹹死人啦！嘴渴就會灌茶，夜半一定尿床。

菜吃太多導致尿床事件，果真層出不窮。每天到校上課，我以極其敏感的嗅覺蒐羅，如同雷達偵測，發現哪位同學褲襠飄出尿騷味時，我便會湊近他的耳朵，以小大人的口吻給予告誡：你吃太鹹了，會鹹死人啦。突如其來的舉動，從來沒被人反駁，倒像是一拳擊中對方的痛處，讓人無力招架。

大人們一語成讖，彷若食菜太多的詛咒成真，久而久之，小孩子在餐桌上筷子起落便有顧忌。小時候我和阿哥帶便當上學，內裝的菜餚，通常是一顆菜脯煎蛋，兄弟一人一半。有一回，老師在第四節下課前，檢查同學有無偷吃便當，當她檢查到我的便當時非常詫異，滿滿的白飯，只有兩塊薄薄的白帶魚。她問我這樣足夠配飯嗎？我連忙點頭。她捏一小塊魚肉放進嘴，頓時眼臉糾結，彷若吃的是一塊鹽巴。我覺得有一點不好意思，連忙向老師報告，那是阿婆今天特別為我煎的白帶魚，很香的。

曾聽聞日據時代，客家莊有一大戶人家，孫輩眾多，每回開飯時，餐桌上清一色是自製醃瓜與陳年的老菜脯。難得有魚肉時，必定也長了厚厚的鹽巴。孫輩越長，食量越大，眾口如壑難填。主人坐困愁城，一日突發奇想，疾馳街口買一條大頭鰱，用一斤的粗鹽巴把它醃製風乾，再用塑膠袋團團包裹，以索懸於餐桌頂上樑柱。每回吃飯時，主人就搖晃那條大頭鰱如同鐘擺，他要孫輩們當魚游到眼前，就要趕緊低頭吃一口飯，像是望梅止渴。孫輩有的或稍有遲疑，癡望著那條大頭鰱忘了扒飯，他旋即大聲對其喝責：會鹹死人啦。這是我聽說過客家莊最鹹的菜餚。

揚言食菜過多會鹹死，又偏偏煮菜鹹得要死，似乎情節矛盾。但從客家族群歷經多次民族大遷徙，在鑄山煮海的困境中延續命脈，便不難窺知一二。「鹽」是器皿上的忠臣，一把把鹽巴讓食物的生命歷久彌堅，與族群肝膽相照。我出生在沒有戰亂、遷徙的五〇年，飯桌上的菜餚依舊鹹絲絲的，或說是口味相傳，更有可能是食指浩繁，物力維艱的環境中，掌家人為了節儉，便在食物和鹽巴間做了權衡。妻婚後屢屢向我抱怨餐桌上的菜餚過鹹，我總是不知不覺。祖父生前是個大廚，母親也是總鋪師，相傳的口味我早已習慣，直覺是妻對鹽巴的忍受度太低了。

二十多年前，我因工作關係離開客家莊，台中和故鄉距離不過百里，卻三不五時就牽動我靈魂深處的美食記憶。母親的料理鹹津津，妻的烹調淡淡然，台中待久了，我便會情不自禁懷念起母親的家鄉味，像是揮之不去的鄉愁。偶爾心血來潮，我也下廚做菜，抖一抖小匙瓢，掂一掂人生，如今我有一種新體悟，年過半百的鄉愁，是一瓢瓢朝鍋中撒向的鹽巴。

身為客家之子，娶了閩南之妻，母與妻間，我也有多鹽與寡鹽的為難處境。每回執鏟料理與她們同桌共食，自忖深諳執中之道，就來個半淡半鹹，免落入傾斜偏心之譏。躲在廚房暗自竊喜，未料仍受到母親非議。

「煮个菜半鹹淡，哪做得食呀！」母親夾菜入口後，悻悻然向我抱怨難吃至極。

半鹹淡，客家語，指有鹹味但不夠鹹，客家話更用「半鹹淡」引申一個人學藝不精，是個半調子。我乃總鋪師之後，半調子的說法我不承認，至於鹹淡，母親壓根兒不知道，做個男人的左右為難。

豬頭面

老家後院的竹林，約莫有三尺長的殘垣斷壁，彷若從黃土中抽出和春筍競長。荒蕪的矮牆，斑駁的紅磚，註定了林內的寂靜蒼涼。但當雨後的陽光，篩過稀疏竹葉，剛濕透的麻雀羽翼，在枝頭頡頏不止；或是驟雨暴臨前，蛙鼓蟲鳴欲罷不能。這種種世相細節，彷若又在訴說此地熱鬧的過往。

祖父年輕時，就在家門前茄苳溪畔養豬。流水潺潺，鴨聲呷呷，和伴著溪岸上的三兩豬鳴，是大自然最美麗的樂章，相對後院幽暗的竹林，便讓人卻步。日治時代，豬是管制品，每個家戶每一批究竟養幾頭豬，都必須核實申報，日本警察三不五時就會巡查。養豬戶只能賣出，不能私宰，在層層管制下，賣豬容易，買豬肉卻很難。泰半的養豬戶，經年不知肉味。

這一年，祖父已三十好幾，仍是一位佃農，囿於財力物力，在溪畔只養了兩頭豬，公部門有案可稽。二個月後一個春天的夜晚，隔壁叔公家養的母豬，一口氣生下十隻小豬。天色猶暗，天亮還遠，在日本警察尚未盤點前，諒誰也不知道究竟是生了多少隻小豬。兄弟倆蹲在豬舍前交頭接耳，心裡黑咕隆咚的。夜色如墨，就此掩蓋一切的事實。他們趕在黎明前偷偷抱走兩隻小豬到後院竹林，數日後砌磚圍欄。那是我們家的祕密豬舍，在層層竹林掩護中，宛若是另一個不為人知的世界。

夏夜，客家莊連番暴雨，溪水瞬間發胖，捲起的浪濤嘎嘎作響。祖父依日本警察巡查的慣性推敲，研判他們大約會在雨季後入莊。當機立斷藉著雨勢濤聲的掩蓋，不著痕跡的把前院成熟的豬隻連夜私宰，讓冥頑黏稠的血水流向大海。然後將後院竹林內較小的豬隻，趕至前院豬舍備檢，如同冒名頂替。這般瞞天過海的手法，年年在客家莊如法炮製著。雖然計畫縝密，但仍百密一疏。

有一次，奶奶以布袋提一塊數斤重的豬肉，步行至五里外永安村去孝敬伯公，遠遠就望見路上的警察。她靈機一動，棄袋取肉，將整塊豬肉伏貼裏在腹中，驚險逃過一劫。

我出生以後，父親承祖父業，依舊在茄苳溪畔養豬，並擴建成為三個豬圈，大中小豬各就各位。至於後院的豬舍則不再養豬，歲月如流，草木競相生長，如今就剩下這三尺長的坍圮紅磚，像是遺址供後代子孫憑弔。父親是這段歷史的見證者，我則是在遺址旁玩耍長大的小孩，始終不了解那段艱辛的家族史。不過，我好幾次彷若在林裡聽到豬的啼聲。

時間向長河流去，往事兜頭就來。八十七歲的父親，最近又不斷提及此事。我聽醫學界的朋友說，這種走不出的情節，有可能是失智的徵兆，於是仔細辨證他的每一句話語，不知怎麼的，無來由地就脹起偌大的疑團。

「細豬換大豬，警察敢無查出來？」我以疑惑的口吻問父親，用小豬冒充大豬，全然沒被日本警察發現嗎？

「警察也感覺奇怪，仰般這家人个豬畜毋會大。」父親說，警察也不解為何這家人的豬老是養不大。

「就算咧！」我旋追問父親，警察就這樣算了啊！

「豬頭面。」父親以十分肯定語氣應我。

豬頭面，客家語，指一個人生氣時，滿臉發黑的樣子。父親客語道地，用詞精確，看來不會失智，我卻在「豬頭面」這個詞彙裡，想見當年那個日本警察，氣急敗壞的臉孔。

蜊蛴

純樸的客家農莊，人們嫉惡如仇。長輩教小孩子不能做壞事時，總會撂一句發音不全的國語：法網恢恢。還搞不清楚什麼是「恢恢」的童年，同音字「灰灰」就在懵懂中鳩占鵲巢。

灰灰之網，布滿茄苳溪上。人面蜘蛛用紡絲器吐出絲蛋白，幾經風吹日晒雨淋後，就變成灰灰之網，如歷滄桑。由於群聚效應，牠們以天羅地網的架勢層層盤踞。那些偷吃農夫穀物的麻雀，專害菜作的瓢蟲、粉蝶，皆以帶罪之身難逃法網。莊裡大部分的小孩，對人面蜘蛛心存畏懼，做多了虧心事時，每每經過濃蔭蔽日的溪谷，四下無人，牠靜不作聲，眈眈向你。當你猛然抬頭，發現牠就在頂上的瞬間，灰灰之網彷若緩緩從天而降，叫你又哭又逃回家找媽媽認錯。

偏偏壞小孩都不信邪，什麼法網「灰灰」，疏而不漏，他們對這般說法嗤之以鼻。成群結隊時人多是膽，只要看見溪上的人面蜘蛛，旋以長竹戳之，以石塊擊之。不過，日久方知那些「灰灰」之網，如同野草燒不盡，春風吹又生。又像是揚湯止沸，而未釜底抽薪，人面蜘蛛很快的又會以王者之姿東山再起。如此反覆再三，時間一久，這些壞小孩也覺得興味索然。不過，他們一點都不怕人面蜘蛛，並認為溪畔那些蜘蛛網，專門用來緝捕身小力微的昆蟲鳥類，對身強力壯的小孩，休想撼動他們身上一根寒毛。

我國小四年級時，城裡有一位國中生，因涉嫌鬥毆逃學，警察一路追緝。他赤腳狂奔來到陌生的客家莊，千鈞一髮之際，躍入茄苳溪岸的草叢，撞破了比一個大人張開雙臂還要寬的蜘蛛網。他連忙將身上、髮間的蜘蛛網撥開，眾多灰灰之絲一把在手，烏黑，黏稠。起初，他只覺得噁心，但不害怕。警察騎著機械狼，在岸上四處搜尋張望，他壓彎芒草低頭偽裝。幾刻鐘後，警察離去，他想要上岸離開時，駭然被眼前的情況鎮住。那撞破的網子，怎麼如此神速像魔術般補實了，那絲線顯得比撞破前更為堅實強韌。一隻人面蜘蛛牢牢盤踞網中，眼神似刀，張開八方之爪，亟欲緝捕他歸案。他心裡一陣寒涼，向後退卻，雙腿發沉，號啕大哭。我放學回家經過茄苳溪，聽到溪裡傳出如此淒涼的聲音，以為是水鬼上岸，疾奔折返學校告訴老師。學校報案後，警察把他抓走。

「法網恢恢啦！」事發後，母親撂一句國語告誡我。她看我若帶惶恐，害怕得連氣都抽不過來，狠狠地又來一次機會教育，用客家話說：「該個學生做壞事，分茄苳溪个老阿婆捉走。」

「茄苳溪那有老阿婆咧？」我心中鼓起一個大疑團。

「蝲螃就係醜醜老阿婆啊！」母親直朗朗應我。

蝲螃，客家話，音lakia，指的是蜘蛛。我對母親把蜘蛛扯上醜老阿婆的說法十分不解。我自認為沒做壞事，自然不怕那些灰灰之網，母親用不著無端的鬼扯懶淡呀。一個假日的午後，我獨自進入溪谷探幽。抬頭驚見一隻偌大的人面蜘蛛，腹部浮現了人臉花紋，方才恍然大悟，母親的說法並非空穴來風。不過我仔細一看，不是老阿婆啊！倒像是個五官漂亮的女子。

長大後，我讀到「法網恢恢」這句成語，才知道「恢恢」是寬闊之意。對照老阿婆抓人事件，那些迅即補實的灰灰之網也同樣廣大。這些年，偶在報上看到正妹警察將歹徒繩之以法，我突然有一種新的領會，茄苳溪那些人面蜘蛛，對為非做歹的人來說，是醜陋不堪的醜阿婆，會震懾人心，在良善如我的眼裡，就是一個正妹無誤。

滑瀉

客家人用「蛇身」這個詞彙，形容人很懶惰。意指一個人上半身較長，做起事來必定如蛇逶迤，拖拖拉拉。依我之見，此論斷準確度十之八九。我生肖屬蛇，莊裡的長輩三不五時就會用「蛇靈精」，來形容蛇年出生的聰明小孩。如此氛圍日久，我便以蛇身為戒，以蛇靈精自許。

六歲時，小蛇還沒讀書，就被人相中了，有人竟然偷偷愛上我。這個愛令人難安，自忖無法跟她真心相愛，我一度想要逃家。住在廟口的阿德叔，有一天帶一個衣著不俗的婦人，提了許多禮物前來我們家串門子。婦人眼盯盯看著我，越看越歡喜，德叔則在一旁口沫橫飛和爺爺說項，我聽得似懂非懂，但隱隱覺得阿德叔像是希望得到爺爺的首肯，要我去做那婦人的孩子。我躲在門後偷聽，惶惶中彷若聽到自己的心跳。

爺爺是一家之主，當下未置可否，眼神鬱鬱。孫輩眾多，要給所有孩子受良好的教育並不容易，客家莊不乏有將孩子送給沒有子嗣人家的案例。一連好幾天，只要一看到爺爺坐在客廳的交椅上若有所思，我旋掉頭從後門繞道至茄苳溪畔，拾撿死去的黃金蜆殼。我撿了很多很多，黑壓壓的床頭下，暗藏黃金般的祕密，像是阿里巴巴山洞裡的稀世珍寶。小蛇心有定見，設若爺爺真把我送人，臨行前我會主張帶走鄉下的黃金蜆殼去城市玩，然後沿路撒下一兩顆，當作我日後逃回客家莊的標記。黃金蜆殼不會無端跑到路上來，客家莊的小孩一定要跑回客莊，我心裡這麼想著。

此事在爺爺捨與不捨間耗了時日，那婦人家從別處買了小孩，黃金蜆殼自然派不上用場。事後母親知道床頭的蜆殼情節，她抱著我，又哭又笑的稱讚我是個蛇靈精。小蛇洋洋自得，但客家莊最多的南蛇、水蛇、泥蛇、雨傘節之屬，究竟有多聰明，我就不得而知了。

幾個月前，忙裡偷閒去客家莊民宿參觀，園區廣闊，主人植異果，養珍禽，其中也包括數隻鸚鵡和一條大南蛇。主人跑進鐵絲網籠裡，拉出一條身長近兩公尺大南蛇迎客。他逕自將南蛇尾巴往我肩頭一擱，然後將原抓緊的頭端處故作放鬆狀，我情急之下把牠順勢接起。主人拍照後向我抱怨，這條南蛇自從來到民宿後即不再進食，絲毫不受新鮮雞蛋誘惑，鎮日蜷縮在鐵網內的一只木箱中。其後，他更餵食新鮮的雞肉，一樣不為所動。

他一度懷疑牠生病了，但在數個星子灑灑落落的深夜，驚然發現南蛇爬出木箱，往橫直交錯無數個鐵網縫口探頭探尾。牠，有脫逃的想望，只是蛇頭雖小，但身體太大了。客家諺語說「南蛇鑽籬笆，毋死也脫層皮」，設若此蛇肖想以鑽籬笆的手法逃之夭夭，勢必自食惡果，他毫不擔心。我卻擔心了起來，牠是我這一生最親暱過的蛇，我抓牠時，牠投我以深情凝視，從嘴裡發出咻咻聲響，像是在訴說救我走吧。那聲音魂縈夢牽在我每個夜裡，三個月後，我打電話過去關心牠的近況。

「偷走去了。」主人說南蛇偷跑了，一切顯得猝不及防。

「走去咧！」我驚訝莫名。

「這南蛇減肥成功，真滑瀉啦！」主人又好笑又好氣地說。

滑瀉，客家話，找機會溜走的意思。大南蛇拒絕美食誘惑，早已深謀遠慮埋下伏筆。我忽焉想起數十年前，我這條小蛇，一手規劃從長計議的黃金蜆殼，同樣是藉機溜走的「滑瀉」行為。小蛇大蛇，一樣靈精。

賣屎朏

客語中有很多詞彙，意象天馬行空又出人意表，以詼諧包裹純真，在寓意中心存敬事。就以賣東西這件事來說，客家莊也販售抽象之物。一旦小孩患了俗稱豬頭皮的腮腺炎，大人即以紅筆在其臉頰紅腫處畫圈，寫一虎字，旨在將豬頭皮賣給老虎吃。又如長了針眼，眼瞼一隅紅腫如同星火燎原，長者又會拿一張紅紙，以墨筆書寫「火種」二字，象徵性地抹一抹眼瞼後，旋將火種拿到廚房的灶孔門內燒卻，宛如將病賣除消災。

距離老家五里外，有一個客運站名「小飯壢」，再遠處有一個亂葬崗。此地位於茄苳溪下游，由於位置近海，滿潮時，偶爾可聽到海浪的呼號。隔壁叔公太過世後，有一天我串門子走進他的房間，見房內空無一物。不知怎麼搞的，我突然莫名其妙地問起大人，叔公太怎麼不見了，他跑那裡去了呀！只聽見叔婆口氣斬釘截鐵，用客家話說：叔公太去小飯壢賣屎朏。

屎朏，客家話，指屁股。朏，音ㄎㄨ，臀部之意。賣屎朏就是賣屁股，問題是屁股要怎麼賣呢？乍聽之下腦筋全糊，從那天開始，我滿腦子都糾結在賣屁股的情節裡。日有所思，夜有所夢，好幾次夜黑風高的夜晚，胡亂地夢見一堆死去的人，在小飯壢亂葬崗上，秤斤賣兩兜售自己的屁股，吆喝著風聲與濤聲成為熱鬧的市集。張開雙眼，我總是在驚恐中自摸屁股安在，深怕天無皂白，那些死去的人，在沸天叫賣聲中，討價還價殺紅了眼，錯賣了別人的臀。

幾次坐在父親的機械狼上，行經亂葬崗，舉目四顧一片死寂，絲毫不像是賣屁股的市集。倒是我開始注意到隔壁村莊的歐流寇，他頭小小的，黑得像一顆石頭，身體大大的，一襲紫衣非常打眼，三不五時就隨著出殯隊伍的鼓陣，出現在小飯壢。聽長者說，他出世後因長相怪異，母親將其棄於數里外大埤塘岸邊的石上，豈料他較母親先行返家。這件事在寒冷的冬天發生，他長大後就像石頭一樣沉默，帶了一股寒氣。我國中時偶在觀音廟前看到他，歐流寇任意在附近眾水果攤取食，主人不敢異議，派出所就在廟埕的後方，沒人報過警。他坐桃園客運不用買票，卻沒有被車掌小姐趕下車的紀錄。

歐流寇的厲害處，是大家怕他，不喜歡他，卻又離不開他。打個比方說，歐流寇家人厭與其語，但只要他連續三天不回家，家人便疾疾央人尋他去，因為他不回家，家人就會大病一場。歐流寇偏偏愛到處閒晃，他諳水性，最常到後湖塘抓魚，寒氣直通幽明，屢至亂葬崗上溜達。每遇往生者出殯，他便會在亂葬崗上擔綱起送行隊伍中的鼓手。拿起鼓槌，神忽其技，花式轉棒、飛棒，前手拋天，旋身轉接，令人目不暇給。我始終不為其炫技所迷，卻止不住注意他的臀，如錐的體態，屁股隨著鼓聲節奏搖擺，瘋狂的律動感覺就將搖散開來，向命喪黃泉裡的諸魂拋售，每每都將我帶回那個秤斤賣兩的夢境裡。依我觀來，歐流寇才是客家莊賣屁股的代言人。

死人賣屁股，活人也賣屁股，賣屎朏的真意就變得難分難解。這些年，客家辭典相繼問世，宛若客語中興時代即將叩世。很遺憾的，我在其間卻遍尋不著「賣屎朏」的詞彙。數月前士林芝山岩的廖運潘老先生，寄來其著「浮生手稿」與我分享。書中內文提及「賣屎朏」一節，認為那是客家人，對遊手好閒四處浪蕩者的形容詞。廖老先生是我的同鄉，學問淵博，已經九十好幾了，其祖厝就在塘背，具離小飯壢近在咫尺。死人趴趴走，活人亂亂逛，豁然發現他賣屎朏的論點，因為臨近地緣而貼切至極。

三千年个老狗屎

阿清婆死了幾年，墳頭樹已高五尺，還有人對她議論紛紛。她生前做了一事，在我看來是人之常情，卻老是被莊裡那些男人嚼舌嚼黃的。

早年，她嫁給來台軍人，這門親事一拍即合，老公阿清爺是客家人，同一族群是這檔婚事的催化劑。阿清爺離開大陸前已有妻室，來台後幾經打探，音訊渺茫多年，研判應該是在那顛沛流離的年代身故了。阿清婆年輕時碌碌田事，經年日晒雨淋，臉頰窩窩多。老公歷經大小戰事，手上窟窿眼眼多。窩窩對上眼眼，在坑坑巴巴的年代算來登對，這門親事獲得客家莊很多人祝福。

政府開放大陸探親後，阿清爺沉卻多年的心竟然浮了上來。他計畫單獨回鄉一趟，阿清婆卻在有意無意間掣肘。她心裡有一種若有若無的罣礙，無以名狀，敏感又脆弱，自己就是說不上來。夫妻倆為回鄉這檔事悶了許久，聽說阿清婆還悶出病來，據客家莊老醫師的說法，無法確定她患了什麼症頭，就隱隱約約的從聽診器傳來，一絲絲極其細微的憂鬱心音，由她內心深處緩緩流出。

對阿清爺來說，曾經是不可觸摸的回鄉夢一夕成真時，情感的氾濫就如翻江倒海。她，最終拗不過他的歸鄉熱血，索性一同前往，那已經是開放大陸探親後兩年的事了。一路搖晃，踏回阿清爺童年的母地，憑著一縷草灰蛇線，打聽到前妻依舊在世，四十多年了，在那個小小村落裡倚閭望夫歸。這個淡淡的日子，杜鵑開在黃昏斜陽下。

阿清爺驚天一呼，一口氣就快抽不上來，像是喜不自勝悲不自勝又惶惶無以自勝。阿清婆原來心頭不可名狀的擔憂，亦旋如晃盪的水在急凍中猛然成型。這究竟如何是好呢？青春早已老去，往事不能重來，就算見了面，也只會徒留遺憾和愧疚。阿清爺和前妻見面當下涕淚縱橫，他抖顫顫的拉起前妻的手，前妻很自然就窩進他的心頭，等了這麼多年的老公終於回來了，算來是情不自禁真情流露。但每一個肢體動作，在阿清婆的眼裡彷若如鯁在喉，她頻頻用清喉嚨的聲音，嗯哼嗯哼的，似乎在警告阿清爺不能踰矩。

更多雞毛蒜皮的事，就發生在那個晚上。阿清爺和前妻地北天南聊不盡，很想在前妻家中留宿一晚，阿清婆卻堅持不肯，連夜一定要阿清爺和她趕回飯店，把原本感人的場面弄得尷尬難堪。豈料那一日連夜的車程，是一只斷線遠逝的風箏，阿清爺在回台後的第二年做仙去了。村裡男人開始對阿清婆不以為然，出現不少是非論調，「人家等了四十多年，就算用借的，也應該借人一晚！」「這麼老了，晚上也沒能力做那檔事了，幹嘛這麼窩窩眼眼的，把好事弄得坑坑巴巴。」

我一向認為在愛人的眼裡，愛是一種占有，阿清婆的心眼再多，都可以體諒。母親和我觀念不盡相同，但她全心護著阿清婆，目的是不想讓阿清婆死後還要受到旁人指摘。大時代的傷口，就讓時間淡化吧。要是再聽見村裡的男人提及此事，她便會用客家話厲聲斥責：「莫講該三千年个老狗屎。」意思是叫人不要再往事重提了。

客家人認為「三千年个老狗屎」，早已無臭無味化成虛無，根本就無檢視的必要。那般的年代，這樣的習題，任誰人都難分難解。把阿清婆當成話渣的人，真是無聊至極。

打嗙嘴

近些年，每回客家莊，總覺得老家少了什麼聲音似的。三合院翻新後，彷若那種無以名狀的匱乏，在不知不覺中漸行漸遠。坐在門檻，面向禾埕，茄苳溪水聲泠泠，竹林依舊蟲鳴鳥嚶。我反覆思索，究竟是那一種流逝之聲，宛若候鳥過境，曾經掠過我的心弦。

客家老祖宗雖有「晴耕雨讀」的教示，但一般說來，莊內讀書風氣並不好，由於農事太勞累，長輩喜歡叫別人讀書，自己卻和書本保持適當距離，若即若離不親不疏。以我的爺爺當例子，他會寫自己的名字，寫起字來手搖得疙顫顫的，線條像鋸齒，如同鏤字的石碑歷經百年風霜。他識字不多，但深知客家莊田埂埋沒人才，只有讀書一途才能破解出路。他很自然地擔任起家中夜間讀書糾察隊，監督孫輩們在晚上八點半前，讀書不能打瞌睡。

晚間七時許，我們全家圍桌晚餐後，爺爺先將交椅搬到門外禾埕，距離正廳約四公尺的距離坐定，我們兄弟姐妹在正廳大圓桌各就各位。由於我排行老么，最晚讀書，座位別無選擇，背對祖先牌位，正對大門，祖父在前。他（祂）們不會幫我讀書，卻無時無刻要我不停的讀。我年少時瘦弱，一上書桌便體力不支，座位又不好，又不擅將打瞌睡的姿勢，偽裝成古人吟詩時搖頭晃腦的模樣，常在厲聲斥喝中驚醒。祖父罵我時的口頭禪：「要把書還給先生呀！」拜託，要怎麼還給老師呀！書在這裡，你怎麼不讀？我委屈的碎念著。

前些日子，我做了一個夢，夢回年少時老家三合院讀書的夜晚，我因為打瞌睡受到祖父斥責，他要我讀書念出聲音，這樣就不會睡著了。登時，我心裡非常生氣，祖父八點半上床睡覺後，大眠床就在客廳隔壁，中間沒有門。既然他叫我念出聲音，我就故意越念越大聲。那一天，我念得特別晚，可是祖父並沒有起床制止。我醒來後，發現這個夢境，是四十多年前真實情況的翻版，我清楚記得第二天，祖父起床後精神奕奕，眉開眼笑，絲毫沒有受到前一晚我讀書噪音的干擾，反而有一種無來由的興奮。爾後，我們兄弟姐妹每個夜讀都念得很大聲。不一樣的課本，不一樣的聲調，交錯迸出三合院平房的屋頂後直達天聽。

我佩服祖父，在這樣嘈雜的書聲中依然入眠。母親三番兩次要我們小聲細讀，莫打擾寐中祖父，我卻時常在興起後變本加厲。有一次，母親認為我這樣的讀書方法，像是小和尚念經，只聞其聲不解其義，生氣地指責我。

「就會打嗙嘴，無讀入心。」母親對我如是說。意思是說我只會胡亂的用嘴巴念出聲，心裡卻完全不懂書中真義。

打嗙嘴，客家語，罵人的話，指不經思考，只會空口背誦書文的意思。嗙，音ㄆㄤˇ，指胡亂浮誇。當下我確實有一種當頭棒喝的感覺，但背誦容易讓人牢記，在八股的聯考制度下，強記也算發揮了功效。哥姐高中畢業後進入職場，家中讀書聲變得稀稀落落，祖父那時身體越來越弱，我考上中壢高中後，許多數理課程，已無法用嘴巴胡謅亂念，讀書不再出聲，祖父是年便做仙去了。

歲月如流，數十年忽焉而過，當年做人孫子的我，如今已做人爺爺了。我彷若有一種渴望在心湖裡載浮載沉，希望自己孫子長大後，可以大聲地念書給我聽。我豁然開通了，讀書聲，那正是老家少卻的聲音源頭，那是客家人耕讀傳家的另類模式。書聲迴盪的三合院，才是最唯美的客家莊。

畫符

書法聯展中，一位年近古稀的阿伯，站在我的作品前呆若木雞，狀似恍神。起初，我以為是自己寫的草書，草如符咒，生了神力把他鎮住了。後來發現並非如此，當其同行者，將整座展覽場百餘件作品欣賞完畢後，見阿伯仍杵在原地，出聲喚了他。他凝神後深呼吸，頻說，有味道，有味道，同時伸出右手撫摸了一下字跡才離開。

我確定他不是被符咒鎮住的，應該是被一種味道迷惑了。我以數步之遙，卻在遲疑中錯失了求證的良機。照常理來說，創作者應該要導覽釋疑的，我卻被他出手的那一幕怔住，眼睜睜看著阿伯一行人走出展場，沒入茫茫人海。到底是什麼味道呀，需要動手才能感受。驚覺自己是在知與不知間左右為難，想要知道真相，又害怕知道真相後，不知該從何說起。

童年時，我是客家莊出了名的宅童，但不是「自宅」，而是「被宅」的。四年級暑假，父親把我送到台北南港，向書法名家張浩然先生拜師習藝，暑假結束回鄉，父親開始對我有很高的期許，每天在我放學回家後便關門落閂，把我宅在家裡，規定我要寫三張工整的楷書才能出遊。這是額外的家庭作業，許多玩伴站在我們家屋簷旁，墊起腳尖，眼巴巴地從窗戶外望著我，要我快寫交差。為了避免讓他們失望，草率走筆，經常不經意就敗露自己寫字的態度。大概有十來次，父親在田間工作回來，見字勃然大怒，拿著竹條急如星火，從禾埕把我趕回來重寫。

「你在該畫符呀！」父親千篇一律用這句話嚴厲對我喝斥，同時指著我寫的字，手還有一點顫抖。

「你無看著，仰會知吾在該畫符？」我曾數度質疑父親，我寫字的時候他又沒在旁邊，怎麼會質疑我是亂寫的呢？

畫符，客家語，形容一個人的字跡凌亂、不工整。父親說不出所以然，但是非常堅信我是胡亂塗鴉的。我嘴裡堅決否認，但心裡是默認，因為從來沒有一次是被父親冤枉的。父親在田邊工作一天了，滿身味道。那種味道，是田事家事林林總總的綜合。這個時候，他會握著我的小手教我寫字。大手握小手，彷若幫我包得密密緊緊的。他偎在我的身旁，我清楚聞到父親身上的味道。

那時候我們家養了兩頭水牛，牛糞都會集中在牛屎窟裡，屎窟滿槽時則以畚箕挑到田裡做肥料。每次父親清理牛屎窟，身上的牛糞味道鮮明，如果是在此時教我寫字，味道不言而喻，即便洗手了，那味道仍然是揮之不去。長年月久，我有一種特殊的領悟，牛糞味道經由手的觸摸傳遞，在父親握住我的小手時，味道便不經意地滲入書寫的線條裡，輕重，快慢，焦濕，粗細，氣味不斷強調父親教我書寫時的重點，如同耳提面命，在我複習時，彷若可以循味探究書法的秘笈。尾隨著一頭牛的後面，是寬闊的田野，是氣勢恢弘的書道大觀。

如以當年父親的眼光，毫無疑問的，這幅草書是在畫符。但見阿伯伸手觸摸字跡的瞬間，是否畫符早已無關宏旨。我想起父親對我書法的啟蒙，我在意那個味道，從童年時即已悄悄滲入我經年累月的書寫中，那是客家莊的大器與純真啊！

布碎仔

早年客家莊的女孩子在出嫁前，必先學會裁縫。母親有粗略的裁縫技術，農忙過後，她便會為哥哥們做衣裳。我都是穿哥哥淘汰的衣褲，兄長越調皮搗蛋，弟弟就只好撿破爛，衣衫縫縫補補在所難免。母親手巧，她把同一件舊衣服不斷改良推陳出新，如同老房在拉皮後，以嶄新的面目問世。

那一年，滿姨在湖口街上開了一家裁縫店。專業裁縫店布料花樣多，裁剪剩下的布料毫無用處，母親看了歡喜，每去一回，便帶一些回家。既然是人家不要的東西，拿回鄉下要做什麼呢？在雜物間越堆越多，令人眼花撩亂。布料繽紛雜陳，依我年幼之見，它們在樸素簡單的客家農莊，像是不該存在而存在，違和感與日俱增，總覺得熱鬧的街頭巷尾才是它的家，它應該在熙熙攘攘的人群裡，怎麼會把它帶回客家莊呢！不過，母親還是將它廢物利用了，率先用到我的身上來。

開學時，班導師依例要每位學生交兩條抹布，泰半同學皆以破衣褲充數。稍有一點責任感的人，會請媽媽以裁縫車邊，像不像都有三分樣。阿寶他媽媽就太率性了，以開褲襠的手法，將老祖宗丟棄的破舊大內褲一分為二，大掃除時眾童避之唯恐不及，像是髒亂的根源。我交出的抹布氣象一新，母親將帶回的布料化零為整，用許多顏色彙編成一條抹布，吸睛指數破表，同學爭相取用，彷若拿了那條抹布就如得神助，可以讓整間教室閃閃發光。母親知道這件事後暗自竊喜，她打開雜物間的門看了再看，清晨一道光篩進去，彷若看到布料光明的未來。

濱海客家莊冬天很冷，上學時母親總是給我穿上四五件衣服保暖，也包括她加工過後的衣服。抹布事件後，她信心大增，開始將那些布料用在我非外出的衣服上，如同野獸派用色鮮明的畫風。我覺得母親將或大或小、或長或短的布料車在一件衣褲上並不美觀，像是身上貼滿狗皮藥膏似的。但因為只有在家裡穿，同學們不會看到，還可以勉強接受，但也非一無是處，那些布料確實在厚度上發揮了取暖作用。我漸不排斥，天氣寒冷時，我把它穿在制服裡。

那段日子，客家莊流行起一種「老師說」的團體遊戲，「老師」由輸家擔任，可以在台上發號施令，誰最慢完成，或是做錯「老師」指令的人，就要換他出來擔任「老師」。自由活動課，阿寶上台擔任「老師」，他下的指令急如星火，閉眼睛、摸頭髮、擊掌、起立、坐下……同學們整齊劃一，絲毫找不出破綻。沒想到這個時候，他以迅雷不及掩耳之姿使用了賤招，下了一個令人意想不到的指令：「老師說要同學脫掉一件衣服」，當下讓我手足無措。

我企圖一口氣脫下兩件衣服。本想瞞天過海，無奈時間太急了，那件野獸派的衣服環環扣扣的，我只解開扣子，卻來不及褪下，赤裸裸的亮在眾目睽睽中，如同包裹的祕密一朝水落石出，遊戲就此結束在一雙雙驚呼的眼神裡。

「該係麼个衫呀！」眾人七嘴八舌問道，那是什麼衣服。

「係用布碎仔做个啦！」，我連忙站起來拉大嗓音解釋，說詞迅即被如浪的笑聲淹沒了。

布碎仔，客家語，指做衣服剪裁剩下的碎布。仔，尾音虛詞。或許是年少時虛榮心作祟吧！下課後我一路狂奔回家，將那件衣服脫下來，丟在牛舍上方置放農具的棚架裡，就讓終年暗不見天日的牛欄，壓抑住它耀眼突兀的光芒。母親其後遍尋不著，我卻始終裝迷作啞。為人父後，我方才漸漸瞭解，那件野獸派的衣服，比起一般衣裳，多了許多的針線，「臨行密密縫」，那絲絲線線都有母愛的溫暖在心頭。

牽衫尾

妻和我還是大學同班同學時，每一次逛校園、踏馬路，她習慣拉著我的衣角，黏黏的，像蝸牛。有小鳥依人的可愛，彷若拉著衣角就可以走到天涯海角。又像是一種信賴，拉緊了就可長長久久，雙方都不會再交新的男女朋友。

妻的這種行為，依據日本網路調查，高居戀愛中女孩的可愛指數排行第一。拉別人衣角很可愛，被拉衣角的人很幸福，但是如果換了場景，換了對象，感覺就不一樣。母親在我小時候，最討厭我拉衣角了，每次拉她的衣角都有所企求。客家莊流浪攤販之祖，騎著一台腳踏車，搖著鈴鐺賣麥芽糖，他從村頭出現，接著沒入村尾，我很遠就聽見他搖鈴鐺的聲音，狂奔至田畝拉著母親的衣角要她回家，她磨磨蹭蹭找銅板，彷若就此拉掉她一塊肉。田畝陽光亮亮的，她的衣角黑壓壓，我硬是把母親拉入黑色的憂鬱裡。

祖父就不一樣了，他六十歲就從那塊田畝退休，幾乎每天都會步行到一公里外的保生廟與人閒談，我和幾個堂弟經常拉住他的衣角尾隨。孫輩團團繞，人家都說他命好，高興的時候他就會在廟口柑仔店，買七個一塊錢的金柑仔糖，讓我們邊吃邊拉著他的衣角回家。經年累月，把那件白衫拉得黃花花的，不管怎麼擣洗，依舊歷歷留痕。祖父做仙的時候，就穿著那件衣裳遠行，一併把甜蜜帶走。那一次，我仔細端詳那件衣服的衣角，深淺有別的黃色紋路，像極了沿著茄苳溪旁的黃泥小徑。走著走著，走進柑仔店。鮮鮮河水，甜甜的回憶。

莊裡有一個裁縫師，幫人做衣裳從來都不量尺寸，卻沒有人嫌過他做的衣服不合身。他大約看看顧客的樣子，問問上門者的職業，掂一掂便估量著做。做粗重事情的農人，他便將衣服做得寬鬆；反之，面對文人雅士或是一派清閒者，衣服便會合身許多。祖父退休後去做了那件白衫，裁縫師卻發神經似地做得特別大。照常理說來，人老了，佝僂了，骨架會縮水，那師傅怎麼連因時順勢都不會呢！又何苦如此消耗布匹。不過，祖父卻非常喜歡穿那件衣服，可以讓好多孫子同時拉著他的衣角。我猜，師傅下剪時，十之八九已經做了估量，尺寸融入了祖父家居的生活。

從某個角度觀之，那衣裳攬住一窩孫輩，熱熱鬧鬧兒孫滿堂的景象，是那個年代長輩最大的歡喜。我在知命之年方才洞悉祖父的心思，有時想想，這樣的感知好像太慢一些。不過，我也並非全然麻木，對於自己許久沒有被人拉過衣角一事了然於胸。妻這些年在城市裡出門逛街，走得比馬還快，我差一點就忍不住出手拉住她的衣角，請她放慢等我。一雙兒女，從小也沒有拉我衣角的習慣，想著想著，悵然若失。

二〇一三年，我獲得聯合報文學獎散文大獎，頒獎前一個鐘頭，我在汐止聯合報大樓停車場接獲母親打來的電話，我告訴她自己獨自驅車前來台北受獎。她先頓了頓，接著就對我咕噥，領獎這種事需這樣低調嗎？

「仰般毋分阿媽牽衫尾咧？」母親火冒冒地質疑，為什麼不給她牽衫尾。

「牽衫尾？」我聽糊了，當下理不出眉眼來。

牽衫尾，客家話，拉衣服的尾巴，就是牽衣角的意思。我在一怔間，突然頓悟出母親話語的原意，原來客家人的「牽衫尾」，更深層的意義是「跟著去沾光」。我坐在車內遲遲沒有下車，自責許久。拉衣角各有需求，小時候拉著她的衣角企圖滿足口腹，如今長大了，怎麼就沒想到讓母親來拉一下衣角做個回饋呢！

海鰍

天朗氣清時，站在故鄉的田畝上，便可望見近海的船行。大海近在咫尺，我卻鮮少有海的回憶。沿著茄苳溪往下走，經過一大片黑壓壓的防風林，其後就是人稱黑水溝的台灣海峽了。

客家先民遺作〈渡台悲歌〉，文中「勸君切莫過台灣，台灣恰似鬼門關，千個人去無人轉，知生知死都是難」的描述，看來那個年代，故鄉眼前這片海，是鬼門第一關。倖存的客家祖先深知黑風孽海，詩句口耳相傳，文字堆疊如磚，成為一條長長的禁線。四十歲時，我第一次出國，飛機在海峽上空，陡地發現自己距離海是那麼遙遠。不就是海邊人嗎！卻對海如是陌生。不惑之年，大惑初至。

希臘神話中海妖賽蓮的故事，一直都是我對〈渡台悲歌〉中黑水溝的想像。人頭鳥身的海妖，經常盤旋在墨西拿海峽附近的礁石或船舶高處，她用美妙的歌聲迷惑過往水手，讓他們如癡如醉地往上瞧，肇致船隻撞上暗礁沒頂。少有人能逃過她致命的誘惑，一如「千個人去無人轉」般的壯烈。大英雄奧德修斯在海上漂流時，對賽蓮早有耳聞，事先防備，他令同行者皆以白蠟自封雙耳，並請伙伴將他用繩索牢牢綁在桅杆上。唯獨奧德修斯自己沒有封耳，他想求證賽蓮歌聲的誘惑，又希望一旦危急時可以保命。船入險域，當奧德修斯聽到賽蓮歌聲時，竟瘋狂似的亟欲掙脫繩索向她奔去，同伙見狀連忙將其更加牢綁緊束，直到船隻離開墨西拿海峽。賽蓮因為此次誘惑失利，最後化為岩石冷冷盤踞。我猜，那個年代的黑水溝，說不定也有賽蓮般的冥路指引人，水葬渡海來台的客家祖先。

故鄉入冬，木麻黃圍成的防風林外，屢屢聽見風呼呼的神哭鬼號，偶爾又像有人在歌唱。叔公太是客家莊率先在防風林內經營一樁無本生意者，木麻黃小枝落葉的下方，漲潮時帶來無盡藏的屎蟹，他意外發現高蛋白的屎蟹是天然的雞食。密而不宣，兀自圍籬養雞，搭製帳篷夜宿其中，卻突然在一個黑夜過盡後驚恐撤離。子時，他已經入睡了，月娘掛在西天，林裡篩入破碎的月光，他聽到從海灘上傳來動人的歌聲，起身一望，一個女人轉身向他招手。正白背黑的衣著，他直覺有異，莊裡沒見過女人是這身打扮呀。鑑於這個海域，每年總有接二連三的人淪為波臣，他趕緊回到棚內，把棉被從頭到尾裹得緊緊的。那女人的歌聲由遠而近，彷若就在篷外逗留，拂曉方歇。

陽光出來後，他狂奔回家，斷然放棄輝煌的養雞事業。四十多年來，再也無人在林內養雞了。偏偏他回家後，傳來一條大魚擱淺沙灘而斃，村人競相挖肉以食的消息。叔公太聽聞此事非常篤定，不願再踏進那個海域了，豈料午後心神不寧，方才蹣跚一探究竟。他幾乎在心裡驚叫一聲，海岸長長直指天際，大魚竟不偏不倚擱臥在昨夜那女人的出現地。

「係海鰍，比屋較大。」他吭吭哧哧地喘著粗氣，對眾人說道。

海鰍，客家語，指的是鯨。這是客家莊所見最大的動物了，然而大小不是重點，從防風林撤離到大鯨出現，他直覺女人和大魚間有密切關聯，卻如何也理不出個頭緒來，像是存在又不存在。事過境遷後，他與眾童分享當年海邊的經歷，只見一個綽號「葉谷雞」的孩童看出破綻：「她（牠）們穿的是同一件衣服呀！」叔公太當下一怔，逕自站了起來，彷若大霧初開。背黑腹白，那個女人正是海鰍的化身啊！或許是誘惑失利後，被打回原形擱淺海岸，最後化為浪裡的沙。濤起濤落，那是客家莊最早的海鰍傳說。

蝦公夾

客家人稱蝦子叫「蝦公」，至於「蝦公夾」，就不能片面顧名思義，輕易率性將其解釋為蝦螯。在客家莊，「蝦公夾」，指的是鬼針草。

將鬼針草和蝦公夾相提並論，需要一些藝術和文學的想像。以鬼針草種子的形狀來論，如鉗的鬼針，恰似開了岔的線條，張嘴瞬間便化身為霸氣的蝦螯。而鬼針緊咬人衣褲，相擁相隨直至天涯海角，又註定其已躍升為動物之屬。我自幼就沒有太多心思，研究植物的客家話命名，倒是幾十年來，因為蝦公夾的緣故，我把蝦子和瞎子扯在一起了，幾乎成為反射性的聯想。

客家莊小徑、牛車路兩側，鬼針草向來都展現生命的頑強與旺盛企圖，讓過路人步履留痕，衣角和褲管沾滿鬼針。小時候上學，大部分的同學會把褲腿往上一捋，東閃西躲，因為鬼針黏身就如同芒刺在背。有一位大我兩屆的學姐，她功課很好，眉宇間有一股天賦靈性，氣質令人傾心。她每天到學校後，衣裙皆布滿鬼針，會在保健室門外，將鬼針一根又一根地拔下來。她的動作慢條斯理，似乎對於鬼針黏身完全不以為意。這個時候，我會佯裝若無其事從旁經過，偷偷瞧她一眼，或許是過於刻意，久而久之被她發現了，她曾經眨著一雙明亮的眼睛，回我莞爾一笑。

她笑容燦爛，我卻滿臉疑惑，為甚麼她天天都沾滿了這麼多鬼針上學。有一次我很早到校，在距離校門口百米遠的轉角處，傳來節奏有序的竹竿點地聲，那聲音在客家莊清晨，宛若暮鼓晨鐘，顯得分外莊嚴。抬頭瞧見，學姐正牽著一位眼睛看不見的女孩來上學。盲女長得很高，學姐相對矮小，當她們挨近我時，我發現盲女的衣褲全無蝦公夾鬼針，學姐衣裙卻密密麻麻的。她牽盲女進入保健室內專設的點字練習室後，旋出來門外拔鬼針。瞎子不會閃躲蝦公夾，既然同行，盲者又怎麼可以在眈眈的鬼針中脫身呢！

次日，我起得更早，事先在轉角處從旁測密。遠遠看到她們從牛車路走來，那條路因為年久失修，已若羊腸小徑。漸次靠近，發現學姐為了讓盲者不被鬼針黏身，刻意讓其走在路中間，自己隨著竹竿點地的聲音節奏，在一旁跳閃閃的，身旁有數隻蝴蝶飛舞，那是我見過客家莊最美麗善良的舞蹈了。頓時心中大白，不知道她為了這個同學，已經承受過多少支鬼針黏身，可是她卻從不在意。

畢業後，我就再也沒有見過她們了。但是四十多年來，學姐在保健室門外拔鬼針那一幕，偶爾就會浮現在我的腦海。每次踏回那間小學，我會在當年保健室門外駐足，也會走到校門口豎耳傾聽，是否有竹竿點地聲。我是多麼盼望能夠打聽到她們的消息呀！甚至有的時候，我逛台中水湳市場，看到蝦子都會莫名連結故鄉這段往事，像是曾經發生並隱匿的眷戀，積久成疾，已經無可救藥。

前些日子，在回鄉的客運上，看到一位女士彷若似曾相識，她年齡與我相若，長裙黏滿鬼針，下車時看了我一眼，像是在對我笑。車子就停靠接近學校的轉角，心中一陣抽搐驟然襲來。頓時，我有出言喚她的衝動，卻在喉頭止住了。車子繞過大彎，再回頭看她的身影，隱入昔前的牛車路裡。我想這樣也好，就讓童年曾經的疑問發酵成大混沌，讓蝦公夾在客家莊夾敘夾議，鋪陳一條永遠說不完的故事來。

布驚草

我確信一種植物，會隨著一個族群移動而遷徙。它們無聲無息，亦步亦趨，在暗中進行大規模的移動。

許多小孩子睡覺時，都有戀物情節，從嬰兒吮吸手指頭開始，到手攬布娃娃，緊擁小被巾，五花八門各有嗜好。經年累月，少了一味便寐不成寐。客家莊或有童子夜半號啕，長輩不明就裡，疾疾央人送去廟裡收驚，殊不知根本的原因是安慰物不在身旁。兒女們從小就愛抱著大毛巾入眠，妻手洗的毛巾，揉合庭院的陽光，這個味道一直尾隨他們進入大學宿舍。離家後的夜晚，感覺母親就在身旁。囿於毛巾有使用年限，妻每每重新培養箇中味，手法如出一轍。

天下的每個媽媽，都會給兒女屬於他們的寐中味。

記憶中的童年寐中味，是上小學後母親親手做的枕頭，內裡裝著客家莊的種籽，人親土親。黑如珍珠的種籽，綠豆般大小，產地在茄苳溪下游。入秋之後，牡荊開花結果，她頂著秋老虎順溪下行，到下游處親手採摘，回來時已日落山頭，其後數日在禾埕接受陽光洗禮。客家莊的日頭，母親的黑汁白汗，夾雜著牡荊種籽自發性的中藥味，入枕彌封後，想望和依戀便在暗中發芽。躺在枕上，幽幽氣息在房間緩緩爬行。每回翻身，都可以感受到一粒粒的種籽攢簇移動，灑豆成兵，好像有了它們的保護，夜半就不心驚。

母親手工針線密實，但也禁不起時間的砥礪。兩年後，一個胡椒孔般大的洞穴，種籽爭相探頭，日日流放在外三兩顆，我始終不以為意，但時間一久，飽滿的氣象日漸萎靡。終有一天，種籽稀稀落落地喪失了枕頭的功用，睡了都令人頭疼。無枕之夜徹夜難眠，好不容易睡著了，卻作了噩夢。醒來時我心裡非常害怕，想叫同床阿哥醒來做膽。奈何他躺在種籽枕上睡得安穩香甜，無論我是如何用力擰其大腿，阿哥終究不為所動。天亮後，他大腿瘀青，觀之者無不鐵口直言，說那傷是夜裡被鬼捏的。

次日入夜後，我遲遲不敢入睡。母親和阿哥商量，要他把種籽枕頭讓給我，另外用小軍毯折成方塊給阿哥替代。母親拍拍種籽枕頭，口說「不驚，不驚」，並告訴我睡那枕頭就不會再做噩夢了。是夜我果然一覺好眠，倒是換成阿哥做了噩夢，莫名其妙左大腿又多了數塊瘀青。我確認新傷與我無關，只是當時我不了解，母親為什麼要這麼做，難道噩夢與枕頭也有關聯嗎！

枕頭是母親做的，種籽是她採的，牡荊生長的模樣形態，我一概闕如。離開客家莊數十年，此枕早已遺落在記憶之外。去年冬日，陪母親到茄苳溪下游海邊，看姐夫魚塭中烏魚子的收成。見一老嫗，頭蓋斗笠，在叢間採摘指捏粒粒的種子入袋，母親說那人就是在採布驚仔作枕頭呀！我仔細端詳後返家查閱典籍，方知這類植物竟有族群的歸屬。唐代藩鎮之亂，客家人從中原南遷，死傷無法計數。有一傷者飢餓不堪，倒於牡荊叢下，隨手摘取嫩葉果實充飢，醒來後全身舒暢，告知眾人此物神奇藥效，生病也不用再害怕了。不驚不驚，別怕別怕。因「不」與「布」同音，客家祖先稱其名為「布驚草」。

對我來說，布驚籽安眠，不驚不驚，不生噩夢，母親當年口中的念詞豁然開通。我粗略做過田野調查，桃園觀音、新屋，以及新竹新豐一帶客家莊海邊，曾幾何時野生布驚草遍地開花，隨著浪搖浪擺。在中國，最盛產地方是梅州，那也是客家之鄉。當年客家祖先渡海來台時，布驚草，想必也是在那個年代來到婆娑之島。

出差世

我從小喜歡繪畫，一如喜歡書寫。但是四年級的那個秋天，我毅然決定不再繪畫了。畫圖，差一點就讓我皮開肉綻，小命不保，此事可不是鬧著玩的。

在標語如雷貫耳的童年，學校舉辦一場繪畫比賽，老師派我和阿寶兩人當班級代表。到了比賽場地，斗大的題目寫在黑板：「小心，匪諜就在你身邊」。標語耳熟能詳，但因為我沒看過匪諜，信心全無，心裡黑咕籠咚的，彷若世界末日就要到來。應該說是猜題失敗，事前的準備徒勞無功，我反覆練習畫客家莊的伙房屋、晒穀場的公雞，就是沒畫過匪諜。時間一分一秒過去，當下決定畫遠房的叔公太。光頭，面黑，嘴大，矮小，佝僂，經年一襲黑衣。成續公布後，意外得了第一名。

得獎理由是主題正確，匪諜形象傳神，被一群公雞圍住，有在地感，更深層的意義代表法網恢恢，邪不勝正。我既心虛又生氣，不知道評審團為何能這樣看圖說故事，明明就是文不對題，卻如此穿鑿附會。其實我只是在情急下，選一個比較容易入畫的人當主角，竟肇致這樣的結果。上司令台授獎後，畫作貼在穿堂，我始終不敢去看。只要經過，旋快跑而過，像是做了壞事的小孩不敢回到事發現場。由於主角畫得過於具象，有指鹿為馬的嫌疑，在那個風聲鶴唳的年代，深怕自己會變成一個謠言的傳播者，更怕叔公太會被警察當匪諜抓走。

事情已經幹了，獎狀也領了，船到江心補漏遲，再想要佯裝事不關己真的太難，日日提心吊膽。阿寶沒有得獎，惟其好學不倦，很快的就讓事情漏餡。他幾乎每一節下課都去瞻仰我的作品。我猜，他應該是在學習我的構思，屢屢就教於我，我卻一概不答，不想對那幅畫多做評論。但時間一久，竟讓他看出破綻來。大中午，他氣喘吁吁地跑去向評審老師報告，說葉國居畫的那個匪諜，好像在哪裡見過似的。聽到消息時，我可能心裡長鬼了，話到喉頭又噎住，完全失去辯駁的能力，像是被人用飯匙堵住嘴巴，傻愣愣的說不出話來。

那天下午放學，和阿寶沿著茄苳溪回家。他跨過了茄苳溪後與我分道揚鑣，幾乎足不出戶的叔公太，那天不知怎麼會跑到河的對岸，與阿寶迎面相逢。驚覺事態不妙，連忙祈禱阿寶不會這麼厲害。我躲在樹叢下瞧向他們，只見阿寶越走越慢，在兩人交身之際，他突然低頭張望叔公太的臉孔，接著抬起頭來狂奔吶喊：匪諜，匪諜，匪諜。他的身子在驚呼中沒入晚秋的夕陽裡，客家莊整排的茄苳樹轉為楓紅。落葉繽紛，我知道自己闖禍了。

第二天學校撤下穿堂上的首獎作品，我如釋重負。這個獎根本不是該得的，我一點都不怪阿寶，倒是很快就有耳報神向父親傳遞了這個消息。他怒不可遏，備好竹條，家規伺候。

「你正經出差世，亂亂畫。」父親疾言厲色對著我說。

「吾毋會畫匪諜，偏偏先生分吾第一名。」我委屈地向父親訴說原委，自己不會畫匪諜，偏偏老師給我第一名。

出差世，客家語，指一個人出生錯了世代，客家人用「出差世」來罵人丟人現眼。差，錯也。我承認過錯，不該畫叔公太當作匪諜。但我覺得更出差世的人，是評審團錯誤的解讀。許多年後，我已閱經世事，發現有權力決定別人生死者，過於主觀的認知，往往造成無辜受害，仍前仆後繼，充斥在整個世象細節之中。或許是一朝被蛇咬，十年怕草繩吧！從那回開始，我便不再喜歡畫畫。

濫泥糊毋上壁

高中畢業那年，我沒考上大學，留在鄉下種田。才不到兩個月，附近小學找我去當代課老師。客家人把鋤頭叫做勾筆，又把寫字筆取名為直筆。落榜這一年，我親執勾筆和直筆，歷經兩種職業。

鄉裡有九所小學，每年文藝競賽激烈。濱海客家農莊，家長們鎮日為三餐忙碌，子弟除了回家會唱〈農家好〉、〈捕魚歌〉外，學校更希望可以藉著我的書法專長重振文風。否則，學童人數漸走下坡，有些重視子女教育的家長，開始醞釀跨區就讀。當導護時，站在校門口，見學童過門不入，他們被家長載到更遠的學校就讀，很有禮貌的向我揮手說再見。

有一個六年級的男孩阿雪，家住海邊，父親是漁夫。他有藝術天分，書寫脫俗，像一艘獨木舟，穿梭在滿港的漁船裡。唯一的缺點是糊塗，如近海的霧，經常讓船隻迷途。一開始，他就被我鎖定為學校寫字代表，經常在放學後留校練習。阿雪爭氣，很快的嶄露頭角，得了全鄉寫字第一名，取得了全縣比賽的參賽權。這個消息傳回村裡，眾人喜出望外，整個漁村沸騰了，像大船進港。

阿雪備受期待，縣級比賽高手如雲，身為指導老師自我期許，雖然沒考上大學，但天無絕人之路。設若，阿雪在全縣拿了第一名，我就是全縣最年輕的書法名師了，還讀什麼大學呢。那一陣子，我興奮的像一個過動兒，只要一有時間，就教阿雪寫字。小孩子總是好玩，耐不住時，我常用王羲之寫完一缸水的故事勉勵他，其實我自己也做不來。大大小小的日子挨著過了，眼看出頭的日子就將來臨。

我親自帶阿雪參賽。研墨，坐定。試題啟封後，是三年級國語課文：天這麼黑，風這麼大，爸爸捕魚去，為什麼還不回家……。當我知道內容後，心情大受鼓舞。阿雪爸爸是捕魚郎，彷若冥冥之中如得神助，耳熟能詳的課文，應可以大幅降低阿雪糊塗寫錯字的個性，像是吃了定心丸。參賽選手有兩張宣紙，只要在一個鐘頭內交出一張作品即可。我禱告阿雪可以一張紙完賽，不要犯錯重寫。

阿雪在半個鐘頭左右寫完一張。我從窗外瞧去，隔著玻璃如同霧裡看花，心中急切，於是以手示意阿雪拿起來讓我瞧瞧。我粗略檢查，怵目心驚，阿雪把「爸爸捕魚去」，寫成「爸爸魚捕去」了，錯得離譜，我當下犯了氣喘。他發現我面容有異，旋知錯誤，拿起另一張紙振筆疾書。鐘響，寫畢，向我微笑，彷若如釋重負。但我心中似乎又有一股不安，如同熱潮灼灼襲來。交卷前，我再示意阿雪拿起來給我看看，他拿到窗邊，我猛然發現他又錯了。第二張，阿雪把「爸爸捕魚去」，寫成了「魚捕爸爸去」了。我跌坐在地，他爸爸是捕魚郎，「為什麼還不回家」，這樣一錯再錯，還回得了家嗎？我的名師夢，也被阿雪紙上那條厲害的魚一併帶入汪洋。

我不知道那天阿雪是怎麼回家的，倒是我淚流滿面踏進家門，彷若是自己最嚴重的挫敗。看到阿爸，向他哭訴。

「濫泥糊毋上壁」，父親覺得不可思議，對我如是說。

濫泥糊毋上壁，客家話，意思是濫泥巴糊不上牆，客家人更將這句話引申為朽木不可雕也。那一段日子，我很生氣，沒跟阿雪說半句話。我去年在路上撞見久違的他，他目前經營濱海農莊有聲有色，自信了得。我突然想起那段往事，誰說他濫泥糊毋上壁呀！我倒是覺得自己當年得失心太重了。寫字，畢竟是人生餘事，怎麼會這麼在意呢！

阿里不答

國民政府來台後，客家莊受到不同時期政治氛圍影響，對外省人的稱呼，從戰後的「同胞」變成「長山人」，後來又叫成「阿山仔」。長山，指的就是唐山，那是海外華人對中國本土的稱呼，說來並無不雅。但「阿山仔」的稱謂帶有鄙意，明理的長輩，都會禁止小孩用此輕蔑的口吻。還有一個奇怪的詞彙，叫做「半山人」，他們是日據時代，從台灣到中國發展，戰後回台，在許多公務機關身居要職的人。

村頭有個張半山，早年是牛販，牛隻為農家耕作主力，買賣案件自是寥若晨星，在資訊不發達的年代，當牛販先要練就探子本事。張半山老是運氣不好，好幾樁買賣，屢次讓人捷足先登，垂頭喪氣，眼看身子就要駝下去了，失意之餘立志出鄉關，到唐山。雖然他沒讀過什麼書，但見過世面，回台後在公部門擔任不小的官，腰佩槍枝，神氣活現。當官治駝，原本佝僂的身軀，突然昂首闊步起來。村尾有個徐長山，讀書人，寫了一手好書法，跟隨國民政府從大後方來台後，孑然一身，日子過得並不好，和本地人溝通，由於不會說客語，經常比手畫腳。

一日，村人辦婚宴，半山和長山皆受邀做客。眾人好奇，兩人受過異地文化洗禮，究竟會送來什麼賀禮。大中午，賀客盈門，眾人坐定，新娘下轎，八音響起，賓客紛紛起身引領瞧顧，就在這個時候，張半山拿出賀禮了。拔槍，三聲轟天槍響，眾人受驚挨挨擠擠。他掩口而笑，湊近主人耳畔，輕聲地說，那三聲槍響代表禮炮，是客家莊史無前例的創新賀禮。半山沾沾自喜，因為沒人幹過這樣的事，但禮炮應是空包彈，荷槍實彈的禮炮，令人不敢恭維。主人臉色鐵青，卻不敢怒言喝止。槍聲已經響起，莫可奈何收下這份賀禮。

至於徐長山，誠意十足，為了賀禮傷透腦筋。讀書人就是讀書人，進城買了全開的陳年老宣紙，對裁後寫了氣勢磅礡的榜書對聯。秀才人情一張紙，絞盡腦汁自撰聯句，在家徒四壁的困境中，長山也算是掃鍋刮竈傾盡所有。但那個年代客家莊文盲多，白白的宣紙，黑黑的大字，一眼就讓人有不當的聯想，宛若槍聲之後的輓聯，未免也太巧合了。他拿出賀禮，都還沒晾開示眾，就被主人連忙推辭。長山急欲解說，但言語不通。這樣的好意，被人那樣曲解。

宴會結束後，主人驚魂未定，跌坐交椅之上。大家仍滿肚疑團，好奇長山、半山究竟送了什麼賀禮。左鄰右舍問了好久，他呆愣愣，不回答就是不回答。

「毋係毋回答。係送个禮阿里不答。」眾人離開後，主人才自言自語如是說，不是不回答呀！是送的賀禮實在不像樣啊！

阿里不答，客家話，指一個人所做的事不成體統，沒有規矩。喜事的祝福，適當得體，人盡歡喜。設若祝福標新立異，也會讓人驚魂失序。這兩件客家莊前所未有的創新賀禮，或許送者出自善意，但因認知差距，最終竟讓人難以啟齒。這些年，面對身邊許多人情世故，要送禮之前，總會讓我想起這些客家莊的陳年故事，仔細再三打量，以免送出阿里不答的賀禮。

響笐

客家莊有一隻大鳥，飛在天空哇哇叫，村裡的人們叫它為「紙鷂」。紙鷂，就是風箏。風箏會叫，現在的小孩子不知道。那個叫聲，正是小孩子的哭聲。

六十年代，八角風箏是故鄉最潮的風箏。以桂竹為骨，以水泥袋糊貼，迎風耐潮。高四尺，小孩玩不起，當它在天空飛翔時，三四個孺子合力拉不動。我拉過一次，彷若在拉一整座天空，旋即受到了反撲，要不是阿爸在後防衛，放風箏的尼龍線，可能早就把我的小手割得皮開肉綻，再不然就是被拉上天空，當神仙去了。

大人玩這種大風箏，好像有一點玩世不恭。明明風箏就是小孩子的玩藝，怎麼在客家莊盡是大人在參與。農事忙得黑家白日，怎麼還有這種心情呢？但是，我很早就發現，大人好像是故意的。每年夏天，濱海沙田西瓜和地瓜成熟時，他們就會派出一兩隻大鳥，從高處俯瞰地頭地腦，是否有眈眈不懷好意的瓜賊。任誰都不會相信的，紙鷂又不是偵查機，它沒長眼睛，對於這種老鷹抓小雞的說法，簡直就是鬼扯懶淡，學童們當做耳邊風。

偏偏有一天，村裡發生一件荒誕事。日頭炎炎，一個小學生經過瓜園，又飢又渴，一時之間受不了甜蜜誘惑，匍匐入田，摘了一顆小玉西瓜，囥於懷腹。北台灣客家莊竹林茂密，他旋即潛入林裡，以手刀破瓜，低頭大塊朵頤，風吹竹林咻咻作響，他吃得滋滋有聲。可是一下間不知怎麼搞的，彷若天狗食日一般，竹林瞬間昏暗下來，他抬頭一看，原來竹林唯一的出入口，突然被一個龐然大物遮蓋。他登時一驚，連忙把西瓜丟棄，他更怕東窗事發，心頭鹿撞怔在是處，兩腿就像要沉下去一般，失去了逃離現場的能力。

大概一刻鐘後，數個大人急馳而至，原來是八角風箏斷了線，不偏不倚就栽在出入口，陽光硬是篩不進來。大人們花了好些力氣，先解開尾巴與竹枝糾纏，再理出斷線的頭緒，最後合力將風箏全身退出。洞口打開了，那個小孩子仿若處在被緝拿的當下，哇哇哭著，人贓俱獲，不容狡辯。村裡後來傳說，小孩子的惡行，是那隻紙鷂將他逮捕歸案的。爾後，村裡大人放風箏，紙鷂在天空飛翔時，開始會發出「哇——哇——」的長聲哭泣。

「仰般紙鷂這下會哇哇嗷呀？」我以客家話問阿媽，為什麼紙鷂，現在會哭得哇哇叫呀！

「係響笐。」阿媽回答我。

響笐，客家語，響警報的意思。笐，音ㄍㄤ。那次事件後，村裡大人再做紙鷂時，會以玻璃碎片，將竹片刨得薄如蟬翼，製成響弓安裝於風箏上方，當風流經過空氣振動，便會發出聲響。不知道為什麼，村莊裡的八角風箏響弓發出的聲音，竟然和那個偷西瓜小學生哭聲如出一轍。好像是在警告饞嘴的小學生們，八角風箏視角是四面八方的，如果你膽敢癡心妄想，以為神不知鬼不覺，當警報響起，下場就會和那個小孩一樣，哇哇大哭。

長大以後，我在異鄉聽過很多風箏的響弓聲音。有的像蜜蜂，飛起來嗡翁嗡。有的像老牛發情，哞哞不停。唯獨我們村莊，大人放的紙鷂，聲音帶著小孩的懺悔，給想要做壞事的小朋友最深刻的告誡。

轉夜

客家話中，有一個非常特殊的詞彙，轉夜，指的是傍晚回家。轉，回也。身為農家子弟，對「轉夜」的直白見解，就是日落而息。父親白天在田畝工作，黃昏背著夕陽回家。農忙時，他更扛著夜色歸來。印象中，阿爸轉夜，只會遲延，不曾提前。

大學畢業後，我離開那塊青青田畝，從未思索回去故鄉荷鋤挑擔，繼承阿爸衣缽，讓土地隨著季節遞嬗，翻新不同時令的田園風情。八十年代，是客家莊老農人數的高峰期，父親這一代莊稼漢，已經種田一輩子離不開田。年輕一代因為工商科技躍進，選擇變得更多，一有機會紛紛逃離辛苦的農事。有一段時間，我幾乎對田事漠不關心，育苗、插秧、除草、乃至於收割季節全然不知。父親耳順之年後，仍佝僂耕種將近二十寒暑。

九十七年秋天，我接獲派令，上任新竹縣稅務局長的那天，我想起辛苦的阿爸，是他辛苦供養我讀大學財稅系才有今天的。算算成本，每一學期註冊，他必須糶出二台鐵牛車的穀，每一粒穀子，都是他汗水的結晶。兩台鐵牛車，汗汁晃盪著青春歲月一併兜售。他已經是一個老農了，這樣的思念，極可能是出自一種回饋，像是施了肥的稻作，回報以飽滿的穀粒。那日下午，我請假二小時回老家，想告訴他這件事。

下午五點，太陽尚未落海，通常這個時候，父親應該在田裡，他卻例外在家。門窗緊閉，我不得其門而入。從玻璃窗外望見父親在看電視，我「匡匡匡」地敲門，他的身子，時左時右，微微搖晃。好像聽見了，又好像沒聽見。我猜，可能是九降風搖響的門窗聲，和我敲門的聲音競合，讓他無法辨別。再來，就是父親真的耳背了，聲音早已遠離他的世界。還有一種可能，就是電視聲音太大了，覆蓋了一切嘈雜。然而眼前這些猜測都無濟於事，我只想迫切知道，他為什麼這麼早轉夜？太早回家，太不尋常。我再一鼓作氣，匡匡匡，匡匡，匡得更大聲，他終究不為所動。在不得已之下，我從公事包，拿出次日要開會的公文，揉成團，拉開氣窗，一擲，不偏不倚就落在他的眼前。

他發現我回家了，顯得有一些不悅。剛剛被嚇著了，帶些慍火，起身，開門，對我嚷嚷，回家怎麼不先敲門呢？哪裡是我不敲門呀！正想反駁他時，我卻靜下來了。父親一個人，獨自看著無聲的電視，整座房子的靜寂，團團包圍，我已不能言語。這麼多年來，為因應科技業用水需求，一甲地四萬元的政府休耕政策，買斷了父親拽耙扶犁的歡笑，驚覺這麼多日子以來，父親應該是無田可耕，無處可去。就像一頭長年耕作的水牛，一朝卸下肩上牛軛木後，心神不寧，無處發洩，三不五時就投以生氣的眼神。

我沒告訴父親升官的消息。家這麼大，這麼安靜，彌漫著一種淡淡的憂傷，阿爸早就快樂不起來了。鎮日都在家裡，「轉夜」這個詞彙，彷若無端從他人生的字典裡消失了。從那一刻開始，我深刻體會，客家人的轉夜，是一種美麗的寄託，是勞動之後的夜晚回家團圓。如墨的夜色，厚實而溫暖。

回得太早，啟人疑竇。宅在家裡，又令人心傷，我彷若從中了解，現今無薪假者的心情。對於勤奮的客家族群來說，辛苦工作一天，傍晚回家，轉夜，是多麼甜蜜。

屋簷鳥

客家人稱麻雀叫做「屋簷鳥」，在三合院的隙縫和簷瓦間銜草作巢，與村戶朝夕相伴，因而得名。少年ㄜ七歲那年，發現屋簷鳥與客家莊的田泥性質相近，顏色相同。土黃帶灰的色調，是田畝飛出來的一塊泥。人親土親，ㄜ始終對麻雀特別好感。

既然同住一個屋簷下，就應該有福同享有難同當。但是，麻雀嘴賤，嗜穀如命，莊稼漢視如寇讎。以鞭炮嚇之、石卵擊之、設網捕之，還派遣裝神弄鬼的稻草人，鎮日恫嚇渠等心智。那些麻雀紛紛飛離田園，回到三合院屋簷下，議論紛紛又憤憤不平。ㄜ經常在禾埕玩耍，他發現那一陣子，院子裡的麻雀變多了，飛行顯得有些意興闌珊，叫聲嘈雜哀切。ㄜ經常倚在牆角佯裝玩耍，側耳傾聽眾雀交談，企圖了解牠們的心聲。

夜晚，ㄜ不時聽到自己琅琅的讀書聲，夾雜附和著麻雀私語，像回音般緊密。起初他以為是錯覺，但當他把書本合上時，從屋簷下飛進兩隻麻雀，在斗室間左衝右撞，唧唧言語，彷若有一種視死如歸的衝動。其中一雀，嘴角撞壁流血，客家莊流傳，此種行徑是麻雀咬舌自盡。ㄜ亟欲制止另一雀死去，當牠撞上窗台，ㄜ奮不顧身將牠捧起，輕輕安撫。麻雀啾啾在其手心與他對眼相望，這是ㄜ第一次如此近距離聽麻雀的說話聲。瞬間，ㄜ像是聽懂了麻雀的語言。次日清晨，ㄜ在其腳繫上一條紅線，放其飛去。

正值稻穀收割，少年ㄜ的工作，是負責趕走晒穀場偷食穀物的雞鴨，當然，滿天的麻雀也全都列入黑名單中。但是，打從昨夜他曉悟麻雀之語，白天開始，ㄜ就放任麻雀偷食，特別是那隻繫紅線的麻雀，來到一壟壟曝晒的稻穀間穿梭時，ㄜ甚至違背職務為牠掩護。沒想到才過幾天，這隻麻雀就前來報恩了。ㄜ因為追趕一隻蹦蹦跳跳的兔子，迷失在茄苳溪下游近海的防風林內，千樹成林的木麻黃，團團簇簇的林投，他深入其中像是誤入歧途，陷入鬼打牆一般在原地打轉。百迴千轉，海水聲張，他的心瞬間被大浪掏空了。眼看天就快要暗下來了，他號啕大哭。

就在這個時候，他聽到麻雀叫聲。抬頭，是那隻腳繫紅線的麻雀。唧唧唧唧，飛了數尺，停頓，又回頭唧唧示意ㄜ要跟上屁股來。登時，那隻麻雀是他指點迷津唯一的希望。ㄜ旋依其飛行的方向猛力追趕，跑出林投與木麻黃的團團包圍如同突破困境。他從林投的縫隙間，看到那隻麻雀最後的身影，停駐在村裡一家住戶的屋簷。他知道回家的路了，懸空的心倏然落地。然而，自此以後ㄜ就再也沒有見過牠了。

這件事很快的在客家莊傳開了。屋簷鳥就此在村民心中，慢慢轉換成為性靈飛禽，不再只是偷人食糧的印象。同一屋簷下，你家就是我家，你的食物就是我的食物，人們與屋簷鳥不再對立分明，緊張的關係就此緩和。屋簷鳥在客家莊的救人之舉，洗盡幾千年來身上背負的冤屈，改寫了《史記》「燕雀安知鴻鵠之志」的說法。ㄜ的阿婆說，屋簷鳥，出生田畝，翱翔天空，早與人們沒有界線，是胸懷宇宙，大器非凡的那種。

中國早在毛澤東主政的年代，以麻雀太官、太闊、太傲，食米又來鬧，如火如荼展開一場打麻雀運動，一舉消滅近二十億隻屋簷鳥。諒誰也想不到，多年之後，麻雀在客家莊備受禮遇。

大鑊嫲

客家話中有一個非常特殊的詞彙，「嫲」這個特徵詞，為其他方言罕見。嫲，音ㄇㄚ。一般說來，「嫲」是指生育過的母性動物，但鄉人都稱灶頭前的大鍋子叫「大鑊嫲」。鑊，烹煮食物的大鍋。至於「大鑊」為何要加一個「嫲」字，我始終不得其解。

對母親來說，大鍋是她嫁來客家莊後，天天必須面對的龐然大物，鍋口直徑一米，她矮小的身子，刷洗大鍋都得墊起腳尖，伸直腰肢。大家庭人口眾多，煮飯、烹調、燒洗澡水，皆須倚賴大鍋方能克盡其功。我童年時，母親與二嬸輪流煮飯，一人一個月。她蹲在灶孔門前，點燃禾稈，放入燥竹乾柴。洗米入鍋，經過多少火候就要掀蓋觀察，再決定柴草取捨，她自有拿捏分寸。米飯成熟前，大鍋內會出現許多泥鰍般大小，不斷沸騰冒泡之孔，這個時候，母親會在大鍋中盛一碗米粥汁，攪拌砂糖，口呼呼的吹著讓它降溫。母親說我從小就沒喝過牛奶，好像要用那一碗米粥汁彌補這個遺憾。

這碗米粥汁，出自一種博觀約取的概念，是大鍋飯萃取之精華。營養濃稠，香純可口。母親沒煮飯時，我便沒這個福利。或許是這般緣故，我對灶頭大鍋煮出來的食物特別歡喜。即便祖父主持分家後，電鍋產品已經問世，家中人口驟然變少，母親依舊喜歡用大鍋煮飯，飯多菜多，一家的歡樂、溫飽，都在熱烘烘的大鍋裡。多年以後，我離開故鄉，大鍋成為我在異地感受母愛的一條路徑。臨暗黃昏，從廣袤的台地田畝拾級而上、沿著後院的竹林冒出縷縷炊煙，母親一個人在灶頭前做飯，大鍋圓圓，等著子女回家團圓。

照常理來說，兒女紛飛後的母親，以迷你電鍋便足以應付孤單的日常。她卻堅持不從子女廢灶去鍋之議，讓廚房變得更寬敞。前些年一個冬日正午，我工作出差桃園，臨時起意返家用餐，為了讓母親驚喜未先告知。一進家門，滿室煙霧，從廚房、飯間、漫漫擴張到客廳來。我正納悶這煙霧何來，突然聽見灶孔門咿歪作響，母親一定又用大鍋煮飯了。家中老式煙囪礙於座向，冬日炊飯時北風逆襲，肇致煙霧彌漫。我掩鼻前進，在朦朧中看到母親，她以跪姿拿著木頭猛往爐內塞去，口噗噗地吹風點火。黑白相間的散髮像一堆稻草，溶入濃濃的煙霧裡。

「何必用大鑊嫲煮飯咧！」我彷若帶些惱氣，以客語向母親詢問，平常何須用大鍋煮飯呢？

「等你兜轉來食飯呀！」母親彷若因為我回家有些驚訝。凝神後，旋向我反駁，用大鍋煮飯，就是要等我們回來吃飯呀！

我當下感受到母親的孤單，平常時日，她竟無時無刻準備兒女回家時的餐飯，如未用罄就餵後院的雞鴨。我驀地對大鑊嫲的「嫲」字若有了悟，除了母性的指稱外，更有一種女性含而不露的氣質。她（它）們在昏暗廚房中，在淡淡的日子裡，在煙霧迷漫的灶頭前，不事聲張，是默默的等待與盼望。若非我這麼突然回家，恐怕我終究不知，那些不易察覺又不為人知的母性付出。母親，也是一個默默在等你回家的大鑊𡡅。

生命越長，越愛大鍋的飯菜味；離家越遠，記憶拉得越長。我有越來越深的感覺，當年母親用砂糖攪拌米粥汁，她口呼呼的吹著，一如她蹲跪在大鑊𡡅前，口噗噗的吹風點火，分分秒秒，都希望給自己的兒女溫飽。

客家八音

二〇一七年，我在苗栗銅鑼鄉臺灣客家文化館，聽到一曲耳熟能詳的樂音，彷若遙遠，又是那麼親近。曾幾何時，這首客家八音〈老懷胎〉，是故鄉大道公廟，每個月農曆初一廟裡音響播放的曲目。又曾幾何時，這個曲調悄悄隱入時間的洪流裡，逐漸依稀。

客家八音，將鐘、磬、箏、管、笙、塤、鼓、敔八種樂器帶進樂團，加上嗩吶、秦琴、二胡等樂器共同演奏，是台灣在地的客家音樂。老懷胎，是描寫一個婦女懷胎十月的艱辛過程。嗩吶領音，輔以絲竹鑼鼓，從樂音中可以體會孕母的辛苦與喜悅。廟裡的四個喇叭東南西北，嗤嗤啦啦向村莊擴散、流淌。

八音漫過田園、竹林、三合院落，沿著茄苳溪水流向大海，隨著風吹飄向遠方。慢慢地，我發現這些樂音，在不經意下感染了村人的身心。一堆上了年紀的老骨頭，尚未就學的頑皮猴，屢屢隨著樂音不自主的往廟埕走去。特別是保生大帝誕辰紀念日，當天八音黏稠，演奏陣容浩大，牢牢凝聚村頭村尾的老嫩大小。

村莊裡有一位父執輩的長者，三十歲那年遠渡重洋到南美洲，他堅信自己的命格必須遠離故鄉。他的母親百般勸阻，卻如竹籃打水白費力氣。最終母親也放棄了，只因大街上的盲人算命師鐵口直言告訴她，這一生只有半個兒子。兒子，怎麼會以「半」為單位來算計呢？言下之意，這個兒子一旦出國就永遠不會再回來了。果其不然，離開台灣後多年未見音訊，生離如同死別。他在遙遠異鄉一個市場邊經營麵攤生意，由於識字不多，拿起筆來要比鍋鏟還要沉重，對文字日漸生疏，遑論問候書信。在交通不便的年代，一趟飛機更可能傾盡所有財力，他早就習慣一個人隻身在外，二十年過去了，他忘了客家莊，客家莊也把他給忘了，像一朵掠過天空遠去的雲朵，無人聞問。

不過，神跡出現了。在淡淡的日子裡，他和往常一樣工作。那天生意好，興起哼哼唱唱，下麵煮麵，一時之間竟淚流滿面。不知怎麼的，他哼唱到一曲旋律，心情瞬間就沉了下來。那是一首童年熟悉的調子，他實在想不起來，自己曾經在那裡聽過它，但這個調子卻讓他想起了久違的故鄉。夜晚寐中，他回到童年時大道公廟中元慶典，廟前坐了許多人，拉彈吹打著不同樂器。二胡悠悠，彎彎溪水，鑼鼓咚咚的土地心跳。嗩吶嗚嗚咽咽，他彷若聽到母親在抽噎。在夢中驚坐而起，豁然開通那首曲子就是客家八音的〈老懷胎〉。一連數日，他夜夜都做了同樣的夢，起床後眼前灰濛濛一片，盡是揮不去的鄉愁。一星期後，他賣掉所有的家當，換了機票回鄉。

究竟是什麼力量，把他從遙遠的地方召喚回來呀！村中老媪扎堆議論。大抵知道，他是在夢中聽見客家八音回家的。八音又不是人，究竟要怎麼呼喚他回鄉呀？大夥心中疑團重重。

「八音就係八仙過海啦！」有一老婦朗朗如是說。眾人靜默。

八仙過海，各顯神通。起初，我對於這樣的說法難以置信，多年後，我經歷鄉愁，就不再覺得它只是個話渣。八音魂縈夢牽越過浩瀚汪洋，穿過千片雲層百條山川，把一個已經忘記回家又遠在天涯的遊子，從遙遠的地方喚了回來，我似乎完全相信它的神通廣大。因為在八音的背後，晃動著鄉愁，晃動著蜿蜒溪流上的晨霧，霧裡有母親的呼喚，有廟埕上廣大人群的等待，讓天涯遊子找到回家的路。

食粗席

和妻結婚近三十年，在參加喜宴時間的拿捏上，始終無法磨合，屢有齟齬。她化妝像作畫，照鏡又如同欣賞名畫，有藝術家的臭脾氣。什麼樣的服裝，搭配什麼款鞋，哪一樣式的提包拎在手上更和諧，排列組合時，她又有科學家百折不撓的實驗精神。她的不厭其煩令我不耐煩，不知何以故，準備赴宴前，我所有的修養和耐心就短路了。

我覺得自己被一種潛意識驅動著，特別是午宴，非得趕在中午十二點前到達會場不可，彷若這就是楚河漢界，不能輕易跨越。但多年來，我們沒遇見提前或準時開席的喜宴，經年累月後，妻有足夠的理由證明我是無謂的堅持。儘管如此，依然故我。每次喜宴前，仍然改變不了我頻頻催促。這種急迫感來自客家莊，妻永遠無法了解那是一道文化的屏障，像語言，若非耳濡目染，浸潤深入久長，終究無法在其中獲得細緻入微的體會。

吃飯有多認真，做事就有多認真，客家老祖宗如是說。彷若吃飯和做事，是正相關的變數，乍聽下十分荒唐，這世間很多好吃懶做的人呀！但時間久了，卻越覺得老祖宗言之有理。莊頭莊尾清一色農家，農事碌碌，忙忙忙，忙到沒空閒吃飯，客家人把節儉這檔事，從物資金錢轉移到時間上來。吃飯囫圇吞棗，扒飯只顧填飽，成語中的「把酒言歡」、「細嚼緩嚥」、「一觴一詠」，早就被埋在客家莊田裡當肥料了。若是再像歐陽脩〈醉翁亭記〉中所載的太守宴，臨溪而魚，釀泉為酒，又射又弈，觥籌交錯的開懷暢飲法，莊裡的長輩肯定坐立難安，哪有這樣的屁股可以坐這麼久。

我與大表哥住同一村莊，隔一條新屋溪遙遙相望，如以步行約莫兩公里距離，二十分鐘路程。他結婚時，我讀國小一年級，大當晝午時宴客，正值農忙收割期，我和父親大約十一時四十分出門赴宴，算準了要在十二點開席前抵達。老天爺殺風景的下了一場大雷雨，瞬間，溪水癡肥臃腫，我們無法涉水過溪走直線最近的距離，必須沿著溪岸到上游彭屋橋過河。我們抵達橋頭時，聽到午宴開席鞭炮聲分秒不差地響起，加緊腳步趕到會場，只比原本預定的時間晚了二十分鐘，但是，眼前已是杯盤狼藉的景象。滷雞、大封肉、客家小炒，薑絲炒大腸，這些主要的菜餚早就被一掃而空，父子倆好像是趕去吃菜尾的。

「菜都出淨咧！就剩鹹菜豬肚湯！」我看著父親滿臉失望。

「食粗席，大家都趕時間。」父親似乎習以為常，不以為忤。坐定，連忙拿起碗筷叫我快吃。

客家人把宴席分為幼席和粗席，前者代表精緻的食物，出菜的方法是一道菜吃得差不多後，再出另一道菜。至於粗席就不一樣了，菜色是常民客家菜餚，出菜密集得像大隊接力，吃飯又像風捲殘雲。在客家莊，一個粗席宴通常在三刻鐘就結束了。從工作人員到坐上賓，他們交感互通，相互壓迫，個個心照不宣掛念田中未竟的工作。又彷若是心有靈犀，在自然而然間以一種快板的節奏進行著。誰還有空慢慢吃飯呢？如果你再晚一點，他們都各自回到田頭地尾，舉箸和舉鋤間，快速地轉換了無鑿斧之痕，彷若什麼事都沒發生過。

吃飯有多認真，做事就有多認真。我的血液裡，遺傳著被時間壓迫的基因，食粗席長大的客家莊小孩，如此鄭重又認真的看待吃飯，當然不容許拖拖拉拉的。

屙屎嚇番

懸梁刺股，映雪囊螢，鑿壁偷光，這是我小時候在書本上看到的立志故事。萬般皆下品，唯有讀書高，為了讀書，古人用了不少極端作法。怕打瞌睡，將頭髮綁在屋梁。太貧，點不起油燈，用雪光照明，或抓一堆螢火蟲藉螢光讀書。再來就是把好端端與鄰居的共用牆，鑿洞偷光。我十分懷疑，這樣鄰居不會抗議嗎？螢火蟲又何辜呀！被迫捨棄天空，集體被囚禁伴讀。

倒是瞌睡蟲擾人不已，彷若是千古以來讀書人的天敵。對付此蟲，隨著年代而有不同。古人頭髮長長好懸梁，但是在學生必須理一個大平頭的年代，這樣的雕蟲小技便無法權充上場。同儕還把古人消遣了一番，說那樣會髮留梁上，人直接趴在桌上。不過，這個譏笑後來在客家莊應驗了，準備聯考的同學，流行起點燃一炷香立於案前立志，攻心兼恫嚇。隔壁班最優的男生在期末考當日送醫，病名是刺傷兼灼傷。我追問之下，赫然發現其採用香薰法，太睏了，鼻孔直接插入那一炷香，如同反其道的寶劍入鞘。

這個案例令人發噱，爾後，治瞌睡蟲者，不敢突發奇想，避免貿然獨行發生意外。三年級學生畢業後，全心應付七月高中聯考，許多同學返校溫習功課。熱屬炎炎，午後的瞌睡蟲比起暗夜更囂張。忽然從操場一隅，傳來琅琅的書聲。那聲音由遠而近，忽大忽小。時而像小沙彌在道觀集體的誦經聲，時而像詩人在江上聚會，長短音不一的詩歌吟哦，裊裊的煙霧融入江邊的清風裡，一時色、聲、香、味，滲入心扉。這是什麼聲音啊！男生班的同學紛紛從教室奪門而出，在三樓的長廊上往下看，原來是一群女學生將課桌椅搬到草坪上的大茄苳樹下，以集體朗誦法防止瞌睡蟲蠢蠢欲動。此刻，彷若所有人都精神起來。

這個方法新鮮得令人著迷又欲罷不能。此後，幾乎每日午後，女同學們都在茄苳樹下大聲念書，當她們發現男同學糾眾圍觀時，又念得更慷慨激昂，間有的時候以掌擊桌以助鏗鏘，並將桌子排列出不同的形式。圓成一朵花，方圍一座城，形式不一而足。這樣五花八門的讀書法，加上青春期男女學生情竇初開的心境，隊伍陣容日益壯大，瞌睡蟲不寒而慄，逃之夭夭。聯考前一星期，那個讀書隊伍浩浩蕩蕩，占地面積超越百年茄苳茂密的樹蔭。我心心念念，如臨大敵，唯恐實力屈居人後，屢屢聞聲自勵。聯考放榜後，慶幸自己上了第一志願，如今思之，她們像是我生命中的貴人。我後來關心起她們的成績，發現都不如預期理想，心中滿是疑團。

「恁認真讀書，仰會考無好？」我用客家話問阿婆，她們這樣認真讀書，怎麼會考不好呢？

「屙屎嚇番啦！」阿婆噘著嘴，十分不以為然。

屙屎嚇番，客家話，意味虛張聲勢。相傳客家祖先黃南球在墾拓竹苗山區，與原住民相爭不下，他以香蕉灌入竹筒，擠成條狀遍灑山野，原住民見之，駭然，以為漢人人高馬大，排泄物如此大條，退走八卦力後山。或許，這是軍事欺敵的伎倆，但用在求學問上，虛張聲勢似乎不見好處，讀書就是要踏踏實實，又哪兒須要這般形式，那般陣仗來嚇人呀！

客家先賢黃南球曾傳有「痾屎嚇番」的故事，相傳漢人與原住民爭奪土地、水源時，雙方連年征戰，黃南球想出以竹筒裝滿香蕉，擠成長條狀，用來驚嚇原住民。原住民一看到漢人留下的「黃金」那麼大條，以為漢人身體魁武壯碩，才會有那麼大條的「屎」，驚嚇之餘，趕快退走八卦力後山，讓黃南球取得獅潭縱谷的掌控權。

畫像

客家莊在三合院平房的年代，白天門戶洞開全不設防，宵小可從前門走入，從後門遁逃。那個年代人丁集中田畝，宅第卻很少被小偷光顧。莊裡即便出現小偷，大抵皆田畝上的薯賊瓜賊。四十年後重回客家莊，所有的境況就全然不一樣了，家戶緊閉，宵小依舊防不勝防。

為什麼會這樣呢？我反芻自己少不更事的童年，窮極無聊時，上屋下家，走門串戶，經常闖人家空門。彷若村莊裡的大小宅第，內裡格局擺設都能略知一二。有一天，我到下屋去找小我一屆的阿勇玩，發現他不在家便掉頭離去。豈料在瞬息之間，就被一位聲大如雷的婦人怔住了。

回頭一瞧，她站在阿勇家客廳門檻外頭，指天罵地的大叫：「你還欠我二十圓，還沒還我呀！」我非常納悶，阿勇家空無一人，婦人究竟向誰討債？我以竹林掩護趨前一探究竟，那人越罵越激昂。當我漸次潛進婦人正後方的稻草堆就近觀察時，赫然發現，她好像是對著阿勇死去的阿公在說話。他阿公前一陣子才剛剛做仙去，就是一張遺像而已，那張遺像還是畫師畫的，對著一張畫像發飆又何苦來哉！畫像不會說話，也不知道有人向它討債，如此耗盡力氣就如同狗吠火車。

再去他家，我開始注意牆上的遺像，還不止一張。正對著大門是他阿公，右側阿婆，還有他的阿太，也就是阿勇的曾祖父和曾祖母。成員眾多，陣容壯碩。拜婦人之賜，我漸漸了解在客家莊許多家戶廳堂，十之八九都有類此情形。五、六十年代，照相器材尚未普及，遺像全都是民間畫師畫的，無論是生前畫的「壽像」，或是為已逝祖先畫的「追容」，男女衣著相似，身旁擺設的器物雷同，唯一可辨的，就是臉部的輪廓。

其後出入阿勇家，老是覺得有人眼睜睜在看我。我懷疑，客家莊許多畫像，在畫師脫手瞬間便注入靈魂。祂們被子孫瞻仰敬拜，無形中賦予了神力和思想，祂們端坐在牆，如神俯視，依舊守候這個家，也會表現出祂們的喜怒哀樂。阿勇那年是小三學生，他的外省籍女導師到他們家做家庭訪問，指著牆上他阿公的照片，對著他爸爸說：「你本人比較年輕，畫像比較老。」阿勇的爸爸一下間，不知道是要哭還是要笑。場面尷尬至極，我在場卻聽到哄堂笑聲，抬頭一看，祂們都在笑。

畫像有靈，無獨有偶。次日放學，我和幾個玩伴去找阿勇，阿勇因作業遲交，被那個女導師留校罰寫，尚未回家，眾人要我先拿阿勇的自製陀螺，在禾埕上一邊玩一邊等他回來。陀螺就置於他們家廳堂地上，當我蹲下拿起陀螺，抬頭卻撞著了祂們。他阿公眼神好淩厲，阿婆眼盯盯瞪著我，就連他兩個阿太，都已經死了幾十年了，還一副冷笑，落井下石，好像是為我偷東西被祂兒媳逮個正著，心中竊喜。驚嚇之餘，我丟下陀螺直奔回家，眾人一臉茫然，丈二金剛摸不著頭腦。

或許，直到今日，只有我能揣測當年那個婦人討債時，阿勇的阿公，那張不悅的表情。也或許，只有我能分析透理，在三合院平房的年代，為何門禁大開，小偷卻不敢明目張膽闖空門的理由。雖然祂們已經做仙去了，但卻早已附身畫像中，擔任起看門的角色，對下一代的錯誤行為不假顏色。

大面神

讀書時，從課本得知中國是一片秋海棠。每回看著地圖，便想像日本國那隻長條蟲，腰肢一扭便不偏不倚朝向東北，蠶食鯨吞。九一八事變後，中國東北淪陷了。後來，毛澤東說中國是一隻大公雞，一啼天下白。現在看來，連蟲都覺得害怕。

我確信一個人的想法，會決定路途；一群人的思維，會生出力量。我自幼就住在桃園觀音鄉東南方一個小小村落，老家一公里外的保生廟，主奉村人信仰的大道公。長輩要求小孩進廟，不可活蹦亂跳，不可大聲言語，以免褻瀆神明，不知不覺中，形塑了神明的莊嚴與靈驗。這些年，每逢祭典，廟裡人聲吱哇，小孩奔撞，寵物亂竄，根本談不上什麼肅靜威武的，年輕一輩對神明的敬重，一年不如一年。我經常在思索，神，這個年代還在家嗎？

神究竟在不在家？當大道公還住在其貌不揚的磚構矮房時，我確定祂天天在家。村民祈雨、求藥籤、驅災、收驚、求姻緣者絡繹不絕，大道公向來有求必應。時間再溯及前，神明更是神通廣大，還會責罰祂的子民，就像學校老師拿著一支竹棍伺候壞學生一樣。日據時代，台灣總督府皇民化運動，道教的神明神像，是當時觀音庄長宇都宮龜次郎撤廢的對象，村人都叫庄長為「龜郎」，因為他的行事風格比龜殼還硬。距離我們家較近的兩座廟宇，一座是五公里外的觀音廟，主祀觀音娘娘，雖有神像，但為佛教神。副祀神註生娘娘及文昌帝君為道教神，物力維艱的年代，僅以天然石頭及紅紙書寫權充。祂們或因教派，或因形象簡陋倖免於難。但是，另一座保生廟供奉的大道公，神像以石刻鏤，就沒這麼幸運了。

有一天，龜郎隻身開車到此，要將大道公請走，美其名要祂與其他眾神安置一處，集中合署辦公。我庄父老將龜郎團團圍住，目光狠狠瞪著他。龜郎當然也不是被嚇大的，他是庄長，清楚民情，他知道民眾雖然憤怒，但不至於造反，更不敢妨害公務。夏日陽光金晃晃的，他把大道公神像從供桌搬到地上後，汗水濕淋淋，喘得氣咻咻，他扶著腰，央一旁的村人幫忙，卻沒有人願意理會。但當他彎腰下來時，突然有一個約莫二十多歲的年輕人，自告奮勇要幫龜郎搬「石頭」上車。竣事，龜郎從口袋掏出五元大鈔做為獎勵。眾人眼看就要火起來了，握緊拳頭，咬牙切齒聲依稀可聞。那個年輕人拿到五元大鈔後，發瘋似地狂奔遠去。

阿公這輩的人，每每聊及這些紛擾往事，仍難免義憤填膺。一時間，那場景彷若又清晰幻現在我的眼前。乘時，老人家們總會教育我們這些童少，告誡我們要敬重神明。

「大面神，毋知死。」老人家們像是恨意至極，無以復加。

大面神，客家話，指的是臉皮很厚，無羞恥心的人。連這種錢也敢賺，那個年輕人在眾人的咒罵中奔逃。他並非本庄人，回家後心神不定，坐臥難寧，數日後暴斃而亡，死因不明。只知道他臨終前，右手握著五元大鈔，告訴家人，就用那五元大鈔辦完喪事，一分都不能剩下。神究竟在不在家，在民智未開的年代，信仰帶著神奇的力量，那個年輕人真的是毋知死呀！大道公好端端就在家哩，怎麼會如此大面神，以為自己只是搬動個石頭呢。

網路盛行這些年，有人在網上求籤、禮佛、掃墓，牲禮豐沛，看來毫不馬虎，一時蔚為流行。如果這樣也行，我覺得神可能是經常不在家的。網路無遠弗屆，神明天涯海角。想法會決定路線，好壞一時難斷，就有待時間驗證了。

黃狗晒核

客家人保守的很保守，說潮的也很潮。有些行為異想天開，天外飛來一筆，時間久了自成一格。依我觀察，客家莊動物的享樂法各闢蹊徑，各擅專長。雞雀之屬，熱愛沙浴。呆頭鵝鍾愛發呆，傻楞楞的。鴨子喜歡裝聾作啞，不分東西。水牛鍾情一池水，自得其樂。唯獨時代進步，生活富裕後，村人嚮往花大錢，坐車、坐船、坐飛機到很遠的地方去旅行，以為離家越遠，就可閱歷世事享受人生。

廟旁彭老先生飽讀詩書，是我們莊裡唯一出國讀過書的人。年近八旬，講話輕聲細語，一派文雅，與莊稼漢的粗喉嚨自是有別。早年鄉下風行進香團，村人四處跟團朝聖，近遊島嶼，遠赴海外，說穿了就是一種變相的旅行。老先生從不跟團，鎮日和他心愛的土狗在一起。土狗說土不土，經年累月也被主人感染斯文的氣息，遇到陌生人，汪汪叫得有一些和藹可親。客家人就吃這一套，對斯文者先入為主，有美好的印象，連帶對這隻土狗也款款善待牠。客語中形容長相好看的詞彙，用得最多的是「靚」這個字，再來就是「斯文」了，文氣和秀氣，在客家莊占盡天時和地利。

偏偏我對那條狗自始就壞印象，肇因一次路經老先生家前的禾埕，牠毫無警覺，仰躺，一動也不動地露出了腹白自得其樂。袒胸開腿，暴露得斯文掃地。不過，畢竟只是一條狗，沒必要吹毛求疵。但是，老先生滿腹詩書，以斯文著稱，怎麼毫不在意牠的行徑呢！我聽人說，老先生是這個村子裡最快樂的人。我猜，讀書讓他心靈飽滿外，另一種可能就是他不拘小節，這些狗屁嘮叨的事，他根本不放心上。

春日近午，乍暖還寒。遊覽車載了數車村人到異地進香，寂靜的村落更加寂寞。沒出門的老人們蟲鳴盈耳，大皆坐在自宅院落前昏昏欲睡。這個時候，彭老先生卻異常興奮，他拿了草蓆，踽踽往茄苳溪上游浮覆地走去。那個地方人煙稀少，附近沒有住家，他去那裡幹什麼呢？我注意他很多次了，欲探究竟卻始終不敢尾隨。這次我忍不住了，彷彿有一種偷窺的強烈欲望，尾隨老先生屁股來到隱密的竹林外，兩眼篩過婆娑搖曳的枝葉，我幾乎不敢置信，眼前的彭老先生竟然一絲不掛，仰躺在日頭下。保守客家莊，簡直不得了呀！我驚魂未定，驚呼一聲。竹林裡的鳥飛得啪啪噗噗地，老先生抓起衣褲傾力跑開，頻頻回頭查看究竟。老人遛老鳥，是我年幼時揮之不去的夢魘。

狗與人親，善於模仿。人都如此了，豈能太要求狗呢！另一種可能，是人類模仿動物行為也不無可能。然而，不管真相為何，此事過後，讀書人在我心中地位驟貶，但又不知要怎麼向人分說，鬱悶於胸，積久成壘。幾十年過去了，我在網路驚見一幕，臉書好友范光棣教授，八十老叟的身軀，光溜溜地躺在溪旁的日頭下，一副極其享受的模樣。四壁青山，滿院竹林，溪水悠悠，與當年的場景如出一轍，我躺在床上驚坐而起。

黃狗晒核，范教授臉書標題是這麼下標的。他是關西客家人，是享負盛名的哲學教授。須臾，我意識到那般行為，早就應該不是什麼遛鳥俠了。查遍典籍，訪問耆老方才知曉。核，客家話，睪丸的意思。黃狗晒核好紓壓，對客家人來說，陽光正好，晒晒小鳥，這行為竟是一種至高無上的享受，在平凡的日子裡別出心裁聊備一格。哎呀我的媽呀，當年我對彭老先生的誤會可大了。

當好共下

去年夏日，在台中水湳市場，一位中年婦人對著我張望片刻，開口對我說：「你是客家人喔！」

哇！肯定句。我長相與眾不同，還是出類拔萃？在少數客家族群的台中城，竟有人端詳我的臉，深入內裡透視基因。我莞爾以對，靜默未答。客家人高矮不同，肥瘦不一，美醜有別，長相各異，以一面之識立判，不禁讓人懷疑，客家人有何特殊的長相。世界已經小成地球村了，在密切的交流同化後，即便以語言來區別族群都容易混淆，那婦人豈非身懷絕技？客家族群從中原南遷後，長居閉塞山鄉，在長達數世紀的移動裡，族群內的通婚居絕大多數，設若將時間拉前，或許可以覓得一些蛛絲馬跡，我心中這麼想著。

在中國歷史事件中，太平天國是客家莊貧農的起義事件，這些名流要角，在廣西金田村率眾舉事。一八四七年，美國傳教士羅孝全，在廣州第一次看到天王洪秀全，體格強壯，五官端正，蓄短鬍，對他印象甚好。曾國藩的幕僚趙烈文載記翼王石達開，是天鳳之表，龍鳳之姿。英國人呤唎，曾在忠王李秀成手下任職，他親眼所見的忠王，面貌引人入勝，鼻子較普通中國人更直，還有纖巧的嘴巴和高廣的額頭。呤唎還親手為他的主子手繪畫像，瓜子臉，鼻子挺，鳳眼，寬額，冷不勝防一望，端莊秀氣十足。李秀成的弟弟侍王李世賢，英國翻譯官富禮賜，說他面容好看，經常面帶笑容，值得和他消磨一天時光。

妻的分析，向來冷酷。她說我鼻子高挺，不用隆鼻，認為我的髮際線隨著年齡竟日攀高，符合寬額特徵，也不是嘴大吃四方的那種。她還建議我蓄小鬍，讓自己更客家些。我試著做了，但是，當我把這數項算是優點的特徵集合起來，她又說變成了一個無法彌補的大缺失，像是覆水難收。平心而論，這些歷史上的客家名人太俊了，三庭五眼，四高三低，是畫家筆下俊男的完美比例，三百六十度無死角。設若以太平天國這些客家高官為準，肯定會自慚形穢逼死自己，更覺得自己越來越不像客家人。

那究竟市場那位婦人，是依據什麼標準來判斷，一張臉又可以敷演什麼樣的故事來。數個月過去了，我在充分研究後至其攤位買菜。交易過程中，甫開口，她便說，你真的是客家人耶！更加證明她早從我的面容中，斬釘截鐵般的確認。

「何以見得？」我旋問其究竟。

「你看來很好相處呀！」她朗朗說道，並敘明經常在市場看見我笑微微的。

這個理由千奇百怪，將一個笑容經常掛在臉上，看起來很好相處的人，歸納成為客家人，婦人說那是自己對客家人的直覺印象。主觀判斷因人而異，自無對錯是非。不過，仔細對照我的研究也不無所本。我想起了和妻在大學認識時，她是轉學生，來到班上第一天，在眾多同學中，相中了唯一的客家男生做為他談天對象。他覺得我笑臉迎人，吐屬有趣，鎮日和我膩在一起。我回鄉告訴母親前，還特意瀟灑摩挲一下我的髮線，上大學前才失戀的我又要戀愛了。

「你無靚啦，係客家人當好共下啦！」母親當下用客家話潑我冷水，說我長得普普通通，會有女生緣，完全是因為客家人比較好相處。

當好共下，客家語，指人很好相處。當，十分也；共下，一起的意思。年輕時我不以為意，反正有人喜歡就好。如今五十好幾，突然遺憾起來，那些歷史上的客家男英俊的模樣，竟完全沒有表露在我身上。

不褡不膝

高中畢業那年，我在客家莊擔任國小代課老師。四年級男學生蔡阿西，一日，欣喜若狂跑來我的教室，大聲對我說，他當上了班級幹部，電燈長。他顯得志得意滿，我怔住片刻，電燈長是修電燈的嗎？日式建築教室，燈具高掛。我舉頭，低頭，看看蔡阿西，雖然矮小，功課不好，會修電燈也很好。不過，這個電燈長，無需技術專長，是負責放學後最後一個離開教室的關電燈工作。

有了「長」這個頭銜，他笑瞇了眼。回家報喜，沒得到父母稱許，父母覺得這頭銜若有若無，若褒若貶，但也說不上來哪裡生了偏差。直到學期最後一天，阿西已經關了長達一學期的電燈後，他心情猛猛沉了下來，坐在教室孤獨不語。我巡查導護時候發現了他，喚他快快回家，但當我巡察完整座校園，發現他仍然在教室裡。臨暗時分，暮色如鍋蓋落下，他把自己關在無止盡的黑暗裡。

當「長」好嗎？或是當「長」有什麼不好。阿西渴望當上班級幹部，心情卻從浮到沉，慢慢又漫漫地，經過了一學期的時間。我起初只是覺得不對勁，竟肇致這樣嚴重的結果。阿西回家以後不吃飯，把自己關在房門裡哭得鼻涕兮兮的，他覺得自己被誆了，並沒有獲得別人的重視，他的父母還請我去安慰阿西。那個暑假他變成另一個人似的，好像突然明白些什麼。我也結束這一生最後一天的代課生涯，十七八歲的年紀，跟著這樁事一起糊塗，在近海客家莊滿天風沙的大混沌中。

莊裡有許多耳報神，充斥在每個地頭地腦。父親和農戶換工農事，他在廣袤的田野間輾轉得知此事，有一天他回家後義憤填膺地問我，代課期間是否有選拔電燈長一事？他斬釘截鐵認為，是我這個涉世未深代課老師教學的荒唐。

曾參殺人囉！幾經渲染，我差一點淪為代罪羔羊，連番否認。

「不褡不膝个先生」，父親了解始末後，對我如是說。

不褡不膝，客家語，指的是不三不四，不成體統的人或事。意想不到阿爸對這件事的在意程度，他認為老師可以拜託阿西關電燈，指定他，甚至處罰他，但就是不要拿個「長」字欺騙他，敷衍他。真的，如今回想起來，時間會說話，阿西當電燈長一事，當初他這麼高興，但數十年後，這事始終成為左鄰右戶閒談的話渣。嚴格來說，是笑柄，像一株會長大的樹。無人記得客家莊前幾任鄉長是誰，但大家都記得阿西電燈長。

在這之前兩年，我念中壢高中二年級，班上有一個長得漂亮的女生，名字叫邱芳，名如其人，氣質優雅，笑起來的時候，臉上有一個很深的酒窩，經常裝住我的眼珠子，她帶著梔子花的芬芳。義民祭輪莊到她們家鄉，殺豬公祭祀宴客，我和班上另一位男同學吳國藤受邀，她父親對我們熱情招呼。當我們飽飯後要離開，她父親特地切一塊大豬公肉給我們帶回家，那是客家莊習俗，祭神的平安豬肉，分享好友親朋，祈求大家平安。我那天因為寄宿在中壢同學租屋處，宿舍沒有冰箱，婉拒了他的盛情。我還只是個小孩，卻受到如此鄭重對待。直到今天，我一直把那塊長豬肉的樣子烙在腦海，以草繩繫住一頭，乍看那個比例，像是圍著領巾的少女，白皙皙又肥滋滋的，搖呀搖，晃呀晃的，走入我的心坎裡。

如人飲水，冷暖在心頭。與其說小孩子會記恩記恨，倒不如說大人的小小行為，都有可能成為小孩子一生永恆不滅的記憶，老師又怎麼可以隨便輕易唬弄小孩，做出不搭不膝的事呢！

暮固狗

童年夜晚，我經常聽著母親說的故事睡著。母親受過日本教育，她有一個日本童話故事，是我百聽不厭的情節。一條老狗，一生奉獻農莊，但當牠年老力衰時，主人和妻子商量要將牠送到荒山野外自生自滅，免得徒增餐飯。老狗在門外聽見了，連夜跑去向狐狸哭訴。狐狸獻計，乘次日夫婦種田時，他們會將自己的嬰兒置於籃中，擱在樹蔭下，屆時狐狸連籃帶人銜走，老狗再使勁大叫追趕。

狐狸這個計謀天衣無縫，主人在驚懼中保有自己的小孩，老狗顯現了牠的剩餘價值。這當然是一場騙局，對於那條狗我既憐憫，又不齒。由於每天都聽這個狗故事，耳熟能詳，我開始學會說故事給人聽，聽眾日增，三兩子，六七人，口沫橫飛，侃侃而談。時間一久，我的同儕阿寶竟指責我，說葉國居專門在講老狗的壞話。三年級第一節說話課時，老師要我上台說這個故事給大家聽，當我一上台，腦筋一片空白，吐不出半句來。我找不出原因，只見阿寶學一隻螞蟻，搖頭晃腦捋動觸鬚，狀似思考，其後斷言，說我講了太多老狗的壞話，被其靈魂附身所致。

狗故事，變成鬼故事，我既驚恐又不服氣，找出許多證據反駁阿寶。在客家莊像我這樣的小孩多如溪鯽，就算大人一樣逃不了上台魔咒，彷若與世隔絕的村人，早已感染一種寡語罕言的症頭，積久成癖，代代相傳。上台說話，面紅耳赤，公開場合不善言語，習慣靜默又惜字如金，像極了我們家母雞阿丹，千呼萬喚才生出幾顆蛋。我承襲了這般基因，登台便詰屈聱牙，格格不吐，所有的詞句都卡在喉頭，如同難產，文句夭折而亡。在客家莊這是司空見慣的事呀！我明白告訴阿寶，詞窮與老狗無關。

那個學期，學校舉辦一場「禮義廉恥」為主題的說故事比賽，老師要給我雪恥的機會，幫我擬妥一篇鏗鏘有力的文稿，為了避免出糗，我做足了情境練習，不厭其煩地反覆推演。站在茄苳溪堤上對著眾石開講，流水嘩啦啦地笑著，又立於壟上對著茂林修竹演說，風吹竹林咻咻嘲諷，我似乎有一種不祥的兆頭。比賽當天，場面十分浩大，全校師生坐在操場上眈眈望向講台，眼神如同噬獵。每個比賽演講者登台前，都會先站在司令台右側那棵鳳凰樹下的預備區。鳳凰樹枝葉單薄，我感覺出一朵烏雲從頭頂掠過。

我努力做了數次深呼吸，上台後，眼前黑壓壓一片，怯怯中我故作鎮定，刻意放大聲量，像是虛張聲勢，算是好的開始。哪知在這個時候，操場尾端竟然竄出一條不知名的老狗，我在牠的溜達中晃神了，凝神過來時早已忘了講稿的章節，那禮義廉恥的故事就說不回去了，怔在台上惶惶失措。班導師連忙趨前，叫我鞠躬，下台。我心有不甘，頑強不從，還想繼續再講。老師嚴正地告誡：霸占講台講禮義廉恥，就是沒有禮義廉恥。

真的被老狗附身了嗎？是日，阿寶放學後再將他的見解大肆宣揚。許多長輩紛紛替我解圍，認為這不是老狗靈魂附身啦！只是一條客家莊的「暮固狗」。

暮固狗，客家話，指個性孤僻，不愛說話的人。暮，晚也；固，固執。依我的見解，暮故狗是指不吭氣又不說話的老頑固。嗳喲我的媽呀！既然要幫我解圍，怎麼又把狗牽出來彎彎繞呢！看來這件事越說越糊了，連我自己都懷疑起來。此事之後，直到大學畢業，我再也不敢上台說故事了。

嘴講無較爭

在客家農莊長大，婚後搬來城中公寓，蝸居鳥籠，日日嚮往無際的天空。數年後買了一棟陳年透天厝後，在院內植上幾株桂花。白晝陽光燦燦，入夜飽覽星辰，曲徑幽巷，別有洞天，稍稍彌補了心中的遺憾。

透天社區內，院子毗鄰，門戶相望。對面住戶喜愛植栽，數株香蕉樹在短日照的窄巷，為了生存，生了意識向蒼穹沖去，直挺的樹幹配上蕉葉，像點燃的煙火直上青天後，火花向四面八方以弧線墜落。哪有這麼高的香蕉樹呀！我佩服它的意志又深受其擾。蕉葉滋長，日夜拉長，稍不留神它便乘時侵門入戶，越境攀爬上我家三樓氣窗。我曾經做過一個夢，夜裡無聲無息，蕉葉預謀不軌，冉冉伸入窗扉，半夜醒來它如劍刺來。我驚坐而起，汗水濕透背脊。

眼看院落的天空逐日消失，動念去之而後快。照常理來說，它已經侵略我的地盤，沿著圍牆界線的領空修剪順理成章，反正井水河水互不相犯。但是，一個念法律的朋友，苦口婆心勸我率性不得，他說這畢竟不是寫文章、說故事，法律說一不二，實事求是，輕舉妄動可能會犯上侵權官司。心頭一震，哪有這般道理？此事讓我耿耿難安好些時日，幸虧我與左鄰右舍關係良好，協商後屋主爽朗應諾，還我一座天空。

我阿公在客家莊曾經是一位佃農，受雇於地主，用勞務換取莊稼收成。年輕時，他耕作的田地，北至竹林，南至茄苳溪，西至阿水伯家土厝牆角，東至石坡，足足三甲，日日胼手胝足，流下黑汁白汗，鎮日辛苦卻只能餬口。他也曾不確實際的幻想不勞而獲，比方說從海邊防風林裡鑽出一隻野兔，或自更遠的山區，一頭山豬晃蕩而來，不過這些都僅止於夢想。桃園台地處處埤塘，群樹緊緊圍繞，是野鴨棲息的世外桃源。野鴨肉質鮮美，但其戒心極重，只要有人稍微靠近，牠就會快跑當作滑行翱翔天空。他每天在田畝中耕作，三不五時就望望天空，夢想從平地上了青天。

一日，他在田中舉鋤如同鐘擺，抬頭忽見一隻野鴨搖搖欲墜，像是無力抵擋北風逆襲。登時，阿公連忙將鋤頭擱置一旁，眼盯盯看著，趨前，舉起雙手，那野鴨逕自向他撲去。哇，這可是天賜美食呀！他欣喜若狂。只可惜這一幕被地主瞧見了，依據地主的說法，阿公只是租佃他家的田地，野鴨既然落在他的土地上，當然就是他的。但是，阿公認為野鴨撞進自己懷裡，早就心有所屬，又何況他是在空中接起的，怎麼會是地主的呢？雙方爭執不下，去找廟公評理，沒想到博學廟公的見解，讓阿公當場怔住，斬釘截鐵的認為土地的所有權是「上至青天，下至黃泉」，即便天空掉落的日月星辰，地下挖出的金銀寶礦，悉歸地主所有。

我小時候，聽阿公提及這段往事，心中忿忿不平，但聽說這個案例在客家莊依約成俗沿用許久。若是以現在的法律來論，多有乖隔違逆。這青天，那黃泉，簡直就一張立體租佃契約，擴張解釋又無限上綱。

「嘴講無較爭啦！」那一怔便是許多年，阿公依舊悻悻然對著孫輩如是說，認為廟公全憑一張嘴啦！

嘴講無較爭，客家語，指用說的沒有用，意謂口說無憑。爭，差別也。的確，光憑一張嘴巴說說，哪有什麼比較不一樣的，要白紙黑字寫在契約才能算數呀！驟時想起院子那株越界的香蕉樹，連忙翻箱倒櫃拿出土地權狀仔細瞧瞧，除了面積、地號外，我頓生一個念頭，想用毛筆在空白處，加註「青天，黃泉」的字樣。

河洛嫲

外遇一事，現在很多人似乎不再那麼嚴正看待。從詼諧的「小三」，到戲謔口吻的「外婆」，感覺對外遇並非那麼嫉惡如仇。父執輩的觀念就大相逕庭了，他們同仇敵愾，鄙視外遇，算來勢不兩立。

情人眼睛裝不了一粒沙子，沙子就是繪聲繪影的第三者。沙子進入情人世界，就有人淚眼婆娑，眼眶如湖，豢養了滿天星光。女人生來就是一瓶醋，韓非子中載述，衛國一女子向老天爺禱告，神啊！請祢賜我百束布匹。其夫大惑，怎麼開口要這麼少？女子說，我要的不多，如果超過百束，老公就會續弦買妾了。

唐太宗有一天，欲贈二妾給管國公任瑰，任瑰因妻管嚴，患了懼內症，向皇上婉拒。沒想到唐太宗把任瑰之妻劉氏召來，直言要她改一改吃醋的壞毛病，否則就賜她一罈毒酒。沒想到她毫不遲疑，狂飲而盡，寧死也沒得商量。其實，太宗意在嚇唬，是假毒酒，劉氏沒死，但醉得不省人事。唐太宗統領一代江山，但卻治服不了一個吃醋的婦人。女人不好惹，不要命，不要財，就是不讓老公亂亂來。

那客家莊女人的醋瓶又有多重呢！依我之見，更甚劉氏。莊裡有一個徐姓男人，外遇始終斷不了根。我和同學阿寶，因為地利握得機先，老早就發現他和情婦，大當晝，豔陽天，經常鬼鬼祟祟徘徊廢屋邊。客家莊廣袤的田野，沒有賓館，只有傾頹的廢屋，不當的情愫在滋長。那情婦不是本地人，客家莊路頭路尾不曾見過。這一天，阿寶展現強烈的企圖心，想知道他們兩人在廢屋裡面幹什壞勾當，像是侵門踏戶步步向前。我在外圍心肝兒砰砰跳，怕阿寶會看到什麼似的。眼看阿寶就要挨近窗子，男人的老婆從三百公尺外疾奔而來，我在慌亂中大叫一聲，阿寶臨陣脫逃功虧一簣。許多年後我回頭想想，那場景就像是阿寶被捉姦，踉蹌奔逃。

是日午夜，狗吠聲在暗夜傳染，擴張。少頃，車聲隆隆，由遠而近，彷若聽到嘈雜的喧譁。尋常的夜，不尋常的氛圍，暗夜包藏禍心，悄沒聲息地降臨。我在床上翻來覆去，輾轉難眠。拂曉起床，眾人議論紛紛，說徐男出事了！他被人以閹雞的手法去勢了。徐男的老婆是客家莊的閹雞師傅，她曾來過我家閹雞，俐落的在雞胸口割個小洞，以小鉗、鑷子，以及一根管子穿了一條線，將雞睪丸抽出。我因好奇，在她閹雞時候，看得比她還專心，不知不覺抵住了她的視線。她不動了，抽了一口長氣，等我抬起頭後，問我，要不要也順便閹一閹。當下，我傻得說不出話。

話說回來，閹雞是為了讓雞快快長大。但是閹人要幹什麼呢？徐男老大不小了呀！

「該男人有河洛嫲」，母親略帶生氣的口吻對我說。

河洛嫲，客家話，指通姦女子。河洛，閩南也。嫲，婦女。至於為什麼把閩南婦女當作外遇指稱，仿若是久遠年代閩客對立的情結，就如同台語中「契兄」，像是若有所指的「客兄」，摻雜著或多或少的族群意識，隨人各自解讀。母親說話的口吻與閹雞女同一個鼻孔出氣，告誡、對立味濃。其後真相大白，閹雞女不是用她擅長的閹雞手法，那太費功夫了，而是悶不吭聲在徐男睡著時，將他的睪丸用手捏破了。人生哀鳴，狗吠如嗷，車聲隆隆，我孺子六七人，在一旁聽得面目惶惶，裹不住一聲驚呼。

曾經有一陣子，社會上對客家莊男女出現諸多評論，略謂男生要娶客家女，女生絕不能嫁客家男，明喻暗諷客家男生是風流大男人。這簡直鬼扯懶蛋，此人一定沒見過客家閹雞女這個大醋瓶，客家男早就沒有風流膽了。

捉水鬼塞塘涵

李白有飲酒詩，王羲之有喝酒字，杯酒催化了他們的才情。天下第一大行書《蘭亭序》，是王羲之酒意微暈下書寫的，是神品。我不擅酒，也東施效顰，次日再觀，遺字、錯字、不認得的字，是集大成的「剩品」。

在醉酒狀態把事情做得更好，始終無法領略。哥哥結婚時，我還在念大學，父親委以「總招待」的重任。嗜酒的舅舅早早來了，在其慫恿下，深怕招待不周，開席前空腹喝了三杯酒。少頃，搖搖欲墜，半醉半醒間幾度頑強抵抗自身的墮落，卻像是舉刀對付槍彈般大規模陣亡。待酒醒，空悲切。錯過了婚禮，還背負了酒徒的罪名。洗不盡，像創傷，至今疤痕仍存。此後多年不再喝酒，但出社會後，脫離父母監督，偶有放浪形骸之時，但喝酒不開車，也不搭車，二十公里內，我都是跑步回家的。特異獨行，只為了證明自己酒後不再誤事。

很多人喝酒是回不了家的，樸素客家莊，未曾聽聞洗劫或撿屍醉者，單單是看到夜半不歸，醉臥鄉間小路者，就夠令人觸目驚心了。他們像是從茄苳溪爬上來的龐然大物，在昏暗夜色裡晾在月光下喘息。天冷時，他們還造次鑽進土地公宅第，和祂同寢共居。又像是從竹林鑽出的魑魅魍魎，想要攫取路過的小孩當宵夜。臨暗之後，黎明之前，喝酒的人，不要靠近，這是父母教我們的硬法則。

這一天，客家莊發生一件荒誕事，數童晨興結伴上學，一路喧譁。小居哥耳朵特別敏銳，隱約聽到嘩啦啦的流水中，伴隨斷斷續續人的呻吟。小居哥停下，豎耳傾聽，快跑往前方溝渠一探，水流不疾不徐，沒任何異狀。就在回頭時候，他聽到了「哀哀哀」的痛苦呻吟。抬頭順著水流往前方一看，涵洞口卡了一個醉漢。醉漢急欲掙脫的力氣，偏偏和不大不小的水流力道相互抵消，杵在爬不上又沖不下的尷尬裡。

眾童見狀，裹步，父母親的交代言猶在耳，萬一靠近醉漢有什麼差池，肯定會被長輩打得慘兮兮。小居哥不怕，獨排眾議，認為現在已是黎明之後了，早就超過了危險時間，即便被醉漢襲擊，現場還有人可以通風報信。小居哥提議大家助其一臂之力，只可惜沒人桴鼓相應，他將書包擱置路旁，跪臥溝岸旁拉醉漢一把。醉漢體重破百，小手拉大手，費了時間，使了勁，搖搖晃晃中僵持許久才拉起。不料，小居哥這時好像被酒意傳染了，明明已經救人完事，站起來後整個人仍晃個不停，數日方歇，凡見狀者紛紛探究。也因為這樣，此事很快地傳遍客家莊，醉者身分曝光，原來是隔壁莊的廖大石。大石嗜酒，慣性夜遊。像隕石，落點難測。

「捉水鬼塞塘涵啦！」廖大石落點竟在涵管中，卡在涵洞內不上不下，客家莊耆老對此事件是這麼評論的。爾後客家莊揶揄醉漢，都稱其為大石哥。

捉水鬼塞塘涵，客家語，意謂敷衍了事，隨便搪塞，更深層的意義是找替死鬼。現在有時想想，喝酒跑步回家固然是好，但萬一不勝酒力，迷路夜遊，或是一不小心掉進大排，被沖入了涵洞成了替死鬼，那可是多麼令人惋惜呀！大石哥塞塘涵，屆時我豈不成翻版的廖大石了。

煮飯花

早餐，我偶爾會在一天中想起它兩次。這並非代表我一天吃了兩頓早餐，而是到了晚餐時刻，又會莫名其妙地想起早餐這件事。

客家莊小孩，吃過早餐才能出門，母親的信念歷久彌堅。老家的早餐，至今仍是白飯配大桌菜，依舊大氣概。結婚生子後，我也認真煮早餐，規模縮小，但精神猶存。當兒女們沒意願吃早餐，便到了修正檢討時刻。廚藝不精，抑或千篇一律令人膩？老狗已經耍不出新把戲時，就須調整步伐，像是面對人生。廚房僅能旋馬，經年累月也踏成一條漫漫長路。畢竟外面的早餐世界推陳出新誘惑太多了，而我鎮日在夢想和現實間拉拔。冬日寒冷的清晨，醒與寐間，客家煮夫萬般難。

對付不吃早餐的小孩，父執輩有智慧，不吃就不吃，索性倒給豬吃。豬很樂，人不爽，於是勉強扒一碗，心頭很荒涼。不過也有例外，屬我阿育叔最厲害，他個性頑強，不易妥協，不吃就是不吃。我和他念同一小學，他每天起床後往餐桌一瞥，發現不如所意，一溜煙就跑到學校了。其母巡過田頭，回來發現飯菜原封不動，褲頭連忙塞上幾個硬幣，趕到學校遞給他。他媽有來學校，如果我發現了，便在下課找他，阿育叔會用早餐費去福利社買零食，分得一些滿足嘴饞。他這招管用，因為母親覺得把他養得骨瘦如柴，心肝頭便硬不來。

他善心計，樂此不疲地在母愛的弱點裡攻堅，屢有斬獲。阿育叔長我一歲，身形與我相仿，發育不良。不過他命好，哥姐早出社會，四十多年前魚肝油問世，稀有價昂，其母每天遞一顆給他，交代他第二節下課服用。據阿育叔說法，魚肝油味道，像茄苳溪岸上死去三日的魚屍味。他雖挑食，但知那物珍貴，不敢把它扔了，每天吃得連連作嘔。有一天我下課到他教室，他靈機一動，要我把魚肝油吃了，代價是給我更多的零食。他認為給自己人吃，不會有浪費的罪惡感。我生平第一次吃魚肝油，發現沒那麼難吃呀！一口吞下，根本來不及體會，卻故意裝得很痛苦，學孕婦頻頻害喜。他樂不可支，不斷賞我零嘴，如此日復一日。我小時長得像難民，如今人模人樣，應該是拜當年阿育叔魚肝油所賜。

阿育叔的心計，在我家就頓失效力。我試過一天，到校後肚子咕嚕嚕地叫，卻不見母親的身影。鐵了心腸再試數日，母親依舊不動如山。周五當晝，我從學校回來吃中飯，飯桌上竟空無一物，餓得哈腰，回到學校繼續下午的課程，有如涸轍之鮒，瀕臨失神失智的邊緣。那個晚上我連扒五碗飯，平日覺得索然無味的菜餚，食來甜美無比。

「就等煮飯花開正煮飯啦。」母親語帶威脅對我說，假若再不吃早餐上學，那就等煮飯花開的時候才煮飯了。

煮飯花，指的是紫茉莉，莊裡的大人習慣叫它胭脂花。煮飯花開在臨喑黃昏，那時候煮的是晚餐呀！這未免太過了些。胭脂花主枝挺直，側枝散生伏地，布滿茄苳溪對岸的荒塚上。小時我常胡思亂想，一女鬼坐在斜陽荒塚下，以水為鏡，梳理，塗胭脂，然後出門乞食。胭脂花越開越盛，她越夜越餓，嘴形如花，又像喇叭瘋狂哀號，一朵、兩朵、三朵、四朵……數不清的花朵，聽不盡地亂吼，那是我飢腸轆轆時荒塚上胭脂花的形象。

不吃早餐，中餐一併省略，喊破喉嚨無處申冤，說穿了是咎由自取。母親嚴格的家教，讓我再也不敢造次，多年後，晚餐時都會想起沒吃早餐的痛苦。我決定繼續持鍋執鏟，認真煮早餐，小孩子不吃試試看，就用一朵煮飯花教示他。

陰筊

客語中的「和尚」，泛指喪葬法會中超渡亡魂的道士。客家莊長輩認為，讓小孩子參加喪葬法會，是一種人生學習。我自幼耳濡目染，對於和尚口中吐出的經文，長短高低如吟如唱的旋律，至今仍能覆誦一二。起初覺得和尚好做，年紀越長，越發現和尚難當。

和尚的舞台在法會，圍者如堵。設若其口中的經文，在喪家噭聲如吠中怔住了，等同歌手在舞台上忘詞，窘況可想而知。對和尚而言，法會像一場馬拉松，每個補給站都有站神，誦經拜請，以求賜得聖筊，避免喉嚨卡卡人在囧途，一場法會變成一條漫漫長路。偏偏人世間，十之八九不能盡如人意，即便經文背得滾瓜爛熟，往生者硬是不領情。

死人難商量，不容易唬弄。超渡亡魂時，和尚當起人生導師，用客家話懇切委婉地向死者說，這人生呀，自古以來誰不死，秦皇漢武唐宗宋祖，沒人長生不老，老子莊子孔子孟子，子子都得死，生死有命，大限有期，你就放下吧，跟著佛到西方極樂世界，無眾苦，受諸樂。輔導兼利誘，往生者若被說服了，和尚如魚得水，法會做完領薪水。問題是往生者出殯前，帶著生前的硬脾氣，放下哪這麼容易！死人一執著，折騰死和尚。接受與否，全然決定在擲筊的瞬間，那是道道地地的死者臉色。

村頭有個和尚，國中念完便志於此業，也因為年輕，屢被死人刁難，像是老鳥欺負菜鳥。眾人嚼舌嚼黃，說開一些，就是小和尚向往生者講道理，騙小孩可以，騙老人就豈有此理，經常被誤認為是詐騙集團。不管如何擲筊，死者置之不理，場面尷尬至極。叔公太過世時，那年我十三歲，小和尚不過大我幾歲，法會中他對著叔公太講道理，秦皇漢武唐宗宋祖，後來連國父孫中山，臭頭皇帝朱元璋，東北大軍閥張作霖，客家革命分子洪秀全都搬出來了。每搬出新人一次，便重新在死者靈位前演繹故事一次，再擲筊一次。他一連擲筊十次，叔公太硬頸，不點頭。我在一旁認真聽，看小和尚接下來要怎麼掰下去。「又陰筊，該人叔公太毋識啦，愛燒銀紙啦。」第十次擲筊落地，母親看不下去了，朗朗對著小和尚說，那個朱元璋和洪小姐（母親以為洪秀全是女豪），叔公太不認識啦，是銀紙燒不夠，沒錢上路啦！

陰筊，客家話，指筊杯落地雙俯，代表所求被全然否決。長輩們認為，筊杯雙仰的為笑筊，意謂靦腆笑笑，還得考慮考慮。一仰一俯的聖筊，才能確定所問之人欣然同意。小和尚一連擲了十次陰筊，叔公太顯然大力否決，也或許就如母親一廂情願的認知，叔公太沒讀書，古人認不得，搬出這麼多古人不具說服力。旁人連忙燒了大把銀紙，紙灰漫天飛揚。匡一聲，聖筊。惶惶中，小和尚滴下數珠汗。

歲月如流，當年那個小和尚變成老和尚了，每一場法會，仍鍥而不捨敷衍著許多故事。九十七年，我在新竹縣稅務局服務時，代表機關慰問喪家，巧遇這個老和尚超渡亡魂，他正陷入當年十次陰筊的窘境。如今他世故多了，擲沒聖筊，先燒紙錢。再燒。再再燒。問喪家子弟是否有人出國未歸的？有無摯友尚未前來弔唁的？是否小曾孫沒到現場的？故事很好聽，死者還是不領情。一籌莫展之際，驚鴻一瞥我坐在會場，靈機一動，提高聲調朗朗地問，請問是不是有稅務官員在場，老人家生前最怕課稅啦。

深知和尚難為，已至山窮水盡的田地，起身配合演出，暫離席。匡一聲，聖筊。

防空窿

這幾年，只要回鄉過夜，一概失眠。習慣了車水馬龍的城市日常，回鄉處在極靜農莊，無來由地便患上耳鳴。那是一種極其細微的鳴叫，在這之前，我有數次經驗，晨興自城市出發，近午入深林後，方才發現耳鳴彷若一路潛伏伺機蠢動。返回市井不藥而癒，早睡或晏眠，絲毫不受影響。房間緊鄰路口，人聲車聲，視而不見，聽而不聞。鄉下長大的孩子，回鄉竟是耳鳴的夜，妻說：這不是鄉土呼喚，而是敘舊。

就我所知，父親這一生失眠數回。其中一次，帶著黑洞的玄虛，數十年來無從探究。黑洞幽長，盡頭是我永遠無法抵達的彼岸。它是一個坑道，狹仄幽長，從沒人提上膽探究根柢。比起我們家遷居此地，它更早就在茄苳溪畔，離家門前約莫二十公尺的距離。洞口半個門板大小，身材魁梧者，出入必得哈腰或學獸爬行。我的勇敢只能隔著鏤空的鐵桿門在洞口徘徊，偶猝不及防向內裡狠狠一望，我有一種感覺，彷若無形在我瞪眼瞬間，眈眈向我回敬，並賞我一聲呼號。

父親決定將洞口封住，舉措來得突然。那天早上防空演習，全校同學浩浩蕩蕩步行到新屋溪畔，以茂林修竹掩護，在河床上以手掩耳遮目，俯臥，心臟離地面十公分，所有動作無非是為了防範砲彈落地後，身體重要部位遭受波及。當時年紀太小，不解「演習」真意，以為敵人就要來了，當直升機在領空盤旋，我用盡力氣要活下去，手肘疼痛，身心勞累不可言喻。我心裡想，設若有一天空襲，我剛好在家，便要勇敢鑽進黑洞，以省略皮肉之苦。我在一旁嚷嚷，試圖阻止父親一意孤行，他若無其事逕自挑石擔泥。入口越來越小了，完封前，我以瘦小的身軀鑽頭探望，一時震天價響，彷若許多蟲鳴鳥叫，呼天喊地苦苦哀求，盼能留下一道聲音的出口。

當最後一擔土石彌封的瞬間，那些嘈雜之聲就此永眠黑洞。是夜父親卻失眠了，纏繞不絕的耳鳴抓心撓肝。床板上，床頭前，捻燈，熄燈，起床如廁，上床假寐，反反覆覆來來回回。依據父親說法，耳鳴之聲雖無法明確辨析分類，但就是生活中的林林總總，好一陣子都無法根治。最後，他用自己的方法克服了耳鳴，每個深夜從床頭收音機流出來聲音細細碎碎，間雜著收訊不良ZZZ的訊號，像是一帖良藥，或說那耳鳴聲被收音機的聲音蓋過了，他以掩耳盜鈴法安慰自己脆弱的心靈。往後數年，床邊的收音機成為他最親密的伴侶，直到父親患了嚴重耳背，那親暱方才漸次疏離。

我的失眠與父親的耳鳴，皆源於故鄉，肇因過度寧靜。又彷若這病灶，需要嘈雜慰藉，在紛陳的爭鳴中，耳朵會選擇自己想聽取的聲音，如同弱水三千，取一瓢飲。坑道已經塵封近五十年了，每個假日回鄉探親，出入上方無數回合，彷若感受到當年被塵封的聲音在暗中隱隱騷動。倒是父親厲害多了，明明就是耳背，每回經過此處，便抬頭問陪伴的外傭，有無聽到一隻鳥的啁啾？

「聲在哪來？」一回，我大聲問父親。

「防空窿。」父親聽出我的疑問，回應乾脆簡潔。

防空窿，客家話，防空洞的意思。窿，坑道也。這麼多年後，我方才了解，當年那個烏黑黑的坑道是防空洞。我相信父親個性不至於故弄玄虛，對照童年最後一刻的黑洞巡禮，確有聲音鎖在裡頭。近年來，國際科學團隊發現，在十三億光年外，宇宙中兩個相互環繞的黑洞撞擊，發出的聲音就如同聲聲鳥鳴。是不是所有「黑洞」的空間都住著一隻鳥呀！我決定了，父親若重提此事，我想告訴他，當年防空洞裡，有一隻大鳥一直被關在裡頭。

花螺心

客家人常用「死田螺不會過水溝」，形容一個人膽小、守舊、不知變通。阿圳長我八歲，他立足客家莊，放眼全世界，算來是村裡最具國際觀的人。他幹過很多事，再再證明他絕非死田螺之輩，在我看來他不但會過水溝，而且是一隻會跳遠的田螺。在民風保守的客家莊，每每叫人佩服得五體投地，在地上滾來滾去。

打個比方說，他是村莊第一個因不遵守髮禁被訓導主任剃光頭者；第一個在國中時禁交異性朋友的校規中，越過疆土和金髮女郎交往者。這些都是茶餘飯後的話渣，時間過了就微不足道，但是當兵後，他幹了一件跨國買賣案，直到今日陰影仍在，三不五時就如噩夢會在夜半擾人清眠，後遺症綿綿未休，他是客家莊第一個引進美洲福壽螺的人。福壽螺原產地是阿根廷，現在村里的人都叫牠夭壽螺。福壽和夭壽差很多，這事情很難說清楚，阿圳的人生，糊裡糊塗裹了一個大渾沌。

第一次到他家，彷若客家莊的盛世就要來臨。缸缸甕甕鍋碗瓢盆，乃至於大小水桶，只要可以盛水的器皿皆物盡其用，滿布千隻萬隻的福壽螺，密密麻麻一如黑夜繁星。牠們在水中緩緩爬行，蠶食鯨吞葉菜。我撿過田螺，田螺與福壽螺長相差不多，但我卻被眼前堆山塞海的盛大場面駭住，眼睛睜得如銅鈴般大，一句話都說不出。阿圳沾沾自喜，那時他剛工作，薪水一個月三千元，他花了三萬元買了一對福壽螺，一公一母，細心照顧繁衍流長。他說自己就要發大財了，台北人最愛吃螺肉，福壽螺待價而沽。我從廚房走到大後院，錢財滿坑滿谷，對阿圳賺大錢的說法深信不移。

我很想開口向他要兩隻繁殖，有錢大家賺，又看他視為珍寶，根本不敢開口。我事後才知道，阿圳向我哥籌款引進福壽螺，但絲毫不給他人機會。簡單說，阿圳想在客家莊經營獨占事業，入股分羹門都沒有。爾後數月，他行蹤隱密，晝伏夜出，少與人語，全然出自心理防備。福壽螺繁殖太快，設若有人乘亂摸走兩隻，阿圳有了其他商業對手，經營壓力就會排山倒海而來，防人之心不可無，他的想法我可以理解。

那一陣子，他往返城裡鄉間，找盤商，兜買主。好一陣子過去了，還沒聽說他發大財。又過些時日，村人嚼舌嚼黃說城裡人很歪嘴，嫌福壽螺難吃。後來又聽說，福壽螺在黑乎乎的夜裡，冉冉地爬出他家後院。一個老農在自己的田園驚見福壽螺這個不速之客，起初還以為撿到寶，豈料後來越來越多，索性撿回來餵雞鴨，偏偏連雞鴨都硬頸起來犯膩，吃多了還嫌噁心。就在那段日子，福壽螺囂張了，反客為主大搖大擺，直指客家莊青青禾苗，大舉攻城掠地。秧苗在一夜間被食殆盡，村人方才恍然大悟，假福壽，真夭壽，但一切的防制都為時已晚。

「正經係花螺心。」阿婆站在菜園，看到秧苗被福壽螺啃去，腦子發渾，惱火在心。

花螺心，客家語，指一個人不專情。阿婆認為阿圳當初對福壽螺愛之入骨，才沒幾個月就不愛牠了，如今隨便棄置田園折騰人。可憐的農夫呀！種田就像吹肥皂泡，好不容易禾苗冒出頭，又很快地消失了，阿哥借他的錢也註定石沉大海。時光閃逝，春秋幾度，阿圳現在已是花甲老翁了，當年事業一敗塗地，不過他的福壽螺仍在客家莊一望無際的水田中悠遊嬉戲。還錢當然沒有，以前借錢買兩隻，現在他以千萬隻還給我阿哥。來囉！就在我們家田畝上。

金針菜

金針花在客家莊的矮房邊兀自開著，在偶然一瞥裡，它會天長地久的與你共戴情天。

每當花東地區金針花盛開季節，賞花人潮如織，這個時候我便會想起北台灣故鄉一棟年久失修的老厝旁，挨著排水溝渠植栽的金針花。它不是漫山遍野花團錦簇的那種美，而是以一種疏落的形式魚貫排列，守候著無人聞問的老屋，像是一種漫長的幽思綿延。直到今天，我的腦海裡仍然保留著一角讓它繼續生長，隨著思緒輕輕搖動。

老屋在新屋溪畔上，是我國中時放學下車後跑步回家的中繼站。冬日客家莊小徑夜色來得又急又快，我的步履疾疾，彷若須臾間就會被墨色淹沒。在一公里半的路程中只有這戶人家，客廳中一盞鵝黃的燈火，讓我心中的恐懼得到救贖。那盞燈火，是屋內的老阿婆，每天等著在外地工作兒子回家晚餐的守候。國二初春一天傍晚，父親突然出現廟口接我，經過那戶老屋時，燈火通明，眾人穿梭屋裡屋外，原來老阿婆的兒子因為意外突然往生，留下孤身隻影的老母親。爾後，那盞燈火便不在黃昏後點亮，放學後我也不敢獨自回家。

燈火不見了，老阿婆被出嫁的女兒接到鎮上。其後，每個放學的夜晚，父親接我回家經過此處，我總會不經意地往烏漆漆的屋裡瞧去，腦海裡閃爍著曾經的那一盞燈火。當燈火不在，便不再是等待。我想這樣也好，或許觸景傷情，與其悲不勝悲在苦海徘徊，倒不如讓整座老屋的悲傷，交付濃稠的夜色掩埋。第二年一個秋日傍晚，日頭微暈，我經過老屋時駭然發現，老屋被好多盞鵝黃燈火環繞著，定神一瞧，原來是一朵朵的黃花，花蕊像極了燈蕊，懷抱光明的夢想。我對這種花朵印象匱乏，在客家莊少有見過，但它卻很快地讓我產生聯想，因為它含苞待放時的形狀，與老屋內橄欖形的燈泡合拍，彷若一見如故，像是久違的燈火，以複製的形象映入眼簾。

「係金針菜。」我問母親那朵長得像電燈泡的花兒，究竟是什麼花呀，母親應我如是說。

金針菜，客家話，指的就是金針花。在這之前，村裡幾乎沒有農戶種過這種菜，不知道什麼原由，老阿婆離開後，戀戀又念念的，三不五時就坐桃園客運下車後步行回到老屋，對著那些金針菜左顧顧，右盼盼的。母親說，老阿婆從來不吃那些金針菜，任由花開花萎，落地化泥永相依，因為那是她死去兒子生前種植的。金針別名萱草，在「風吹牛皮侯」的客家莊，仍有高度適應力。我村濱海，海風狂野，土貧如猴瘦，但老阿婆兒子種的金針菜卻長得特別好，生命力非常旺盛，即便種植後未再更新，依舊在多年後，看到零零星星的花朵悠悠苞放。

我沒見過老阿婆回來時的神情，但常揣摩她回來時的樣子。想像她在燈下的等待，又想到她在黃花前的悠思。在匆匆歲月裡，踽踽踱步時，她未必心如槁灰，人生全然無望。多年後，再讀孟郊〈遊子吟〉「誰言寸草心，報得三春暉」的詩句，方才恍然大悟，詩中之草，即是人稱忘憂草的萱草，就是客家莊的金針菜呀。子遊千里母擔憂，遠行遊子在臨行前，為怕母親思念成憂，於是在門前栽種金針菜，讓阿母心有所繫，減卻她的日思夜想。原來，金針菜就是客家莊的康乃馨呀。

阿婆的兒子，早已到好遠好遠的地方了。我猜想，或許早已預知生命如此倉促，遠行將是一場永別，生前便先栽種村內少見的金針菜，多年後依舊開著花朵。每次回鄉，我總會走到那棟老屋旁看看，想寫一篇關於客家莊一盞燈炮和黃花菜的故事。

阿公婆

八十年代，一位外籍新娘嫁來客家莊，努力學客語。習得皮肉，卻難入筋骨。大年初二，她與莊內一老者不期而遇。老人隨口問道，過年有拜阿公婆嗎？她遲遲疑疑地說，有向阿公婆拜年啦！阿公婆還給她壓歲錢。老者聞之，一雙牛眼睛快瞪圓了，差一點就抽不上氣來。七老八十了，方才發現阿公婆原來那麼厲害。

阿公是爺爺，阿婆是奶奶，但客家話中的「阿公婆」，指的是歷代祖先，祂們被供奉在神桌上。發壓歲錢是阿公、阿婆的事，怎麼會輪到阿公婆來管！設若做仙了還不放手，那端午節還可能會回來包粽子，簡直嚇死人。須臾，老者凝神後，意會到應該是外籍新娘，對客家話不求甚解胡謅亂兜的，鼻哼哼地表示不滿。這件事傳開了，像飛鳥四散，從莊內傳到莊外，成為人們嚼舌嚼黃的話渣。快三十年了，此事經過不斷發酵，層層演變，如今莊人習慣把玄虛晃誕的事，不明就裡地就推給阿公婆，說是祂們幹的。

依我之見，阿公婆真的很厲害，大家都誤會祂們了。祂們不一定會保佑人，但一定會責罰人。農業社會裡，客家人習慣將家裡的空間命名。堆置地瓜的空間名為番薯間，用餐場所叫吃飯間，碾米場域稱礱間，淋浴的湶堂名曰洗身間，唯獨供小孩子念書的讀書間，卻經常被忽略。我求學後，寫功課讀書都是在飯桌上進行的，設若餐後桌上的油膩來不及清理，我就會在長椅上以跪臥之姿寫作業，如同毛毛蟲弓起身體走路的樣子，等桌子整理後再到桌上讀書。那個年頭的小孩子，愛與瞌睡蟲結緣，我彷若有一種感覺，從飯桌上吃飯到打瞌睡是連成一氣的。客家人自詡耕讀傳家，爺爺見狀頻頻搖頭，在不得已的情況下，開放神明廳拜拜用的供桌給孫輩讀書，自己則在門外晒穀場休憩並就近監看。

起初，我挑了一個背對神桌的位置，阿公婆牌位在後方如得庇佑，不想念書時，透過門外對著滿天的星子發呆。缺點是打瞌睡時一定逃不過爺爺銳利之眼，他老人家經常火往上撞，喝斥聲屢屢劃破暗夜長空。為了突破窘境，我做了一百八十度的調整，背對爺爺，面向著阿公婆，竊以為方位改變了，從此可以肆無忌憚，豈料事與願違，稍有睡意便難逃法眼。我悶在肚裡，何以我以手托腮，閉目養神之類些微舉動，究竟爺爺是怎麼發現的？初步估摸了座上兄姊弟妹，渠等搖搖欲墜自顧不暇，窗外又黑乎乎的一片，正苦惱無任何的草灰蛇線可資徵驗時，抬頭望見了神桌上阿公婆。

我陡然打了一個激靈，精神莫名地上來了。發現阿公婆彷若正以睥睨之姿狠狠盯著我，我連忙低頭讀書，吟誦出聲。在聲音的掩護中，冷不勝防地偷瞄祂們與爺爺間是否有所互動。只知事有蹊蹺，卻遲遲查不出結果。我猜，祂（他）們之間一定有互通聲息，存在著常人不易察覺的默契。

多年以後真相大白，原來我忽略了香爐上的裊裊輕煙。孫輩眾多會聚一堂，當子弟們認真讀書翻冊，搖頭晃腦誦讀，或走動、討論、忙裡忙外，是時香爐上的煙霧是晃動流散的，小小空間裡，或有可能像李白〈望廬山瀑布〉一詩中「飛瀑直下三千尺」一般，如同香火鼎盛的廟宇煙霧繚繞。回想起神明廳內座中六七子，打瞌睡像是一種傳染病，大夥都在靜止毫無生氣的狀態，一縷輕煙直上，爺爺在其中看見端倪。那是最輕微的示意，隱形的暗號，藉以處罰不認真讀書的子孫，阿公婆真的厲害呢！

賺搞

在客家莊，一個行業的消失與沒落，經常是無聲無息的，如同被掩埋在深處的記憶，在回首瞬間方才猛然想起。今年秋日午後，在桃園觀音老家禾埕，一根雞毛隨風騰空直上，像是老式灶頭升起的炊煙直騖天庭，旋即消失在視線裡。我的耳畔莫名傳來棗婆的大嗓門，她拉長喉嚨放聲大喊，收毛囉。

棗婆人不老，但死的早，她是客家莊早年唯一的收毛婆，專收購鵝毛、雞毛和鴨毛，價格以隻計。鵝毛可入藥或製成羽絨，價格最昂；鴨毛能製被造衣，價格次之；雞毛只可以做撢子，毛價最賤。俗話中的「千里送鵝毛，禮輕情意重」，我從小就覺得，第一個說出此話的人太沒行情，壓根兒不知客家莊鵝毛價值不菲。棗婆就不一樣了，她的手不但識貨，又會算數，年節家家戶戶殺鵝雞鴨，在成堆的羽毛中，她只要用手抓抓掂掂，就知數量多寡。賣方休想以少報多或濫竽充數，訛詐她的錢。

收毛婆既然這麼精明，根本占不到她的便宜，但小孩們卻很喜歡她。她出門行頭簡單，一雙腳踏遍莊頭莊尾，一個大布袋馱肩頭，循著窄仄的牛車路，踏上瘦巴巴的田埂，或涉茄苳溪而過，路徑不一，但帶給小孩們是無限的希望。她為學童開闢一條生財之道，可憑藉自己的努力賺取零花錢。她只收購學童拾撿零散的雞鴨鵝毛，既是零散，便很難成隻，這個時候棗婆整個人就變笨了，屢屢讓自己吃了悶虧。我經常和她做交易，覺得她佛心來著，根本就是一個故意讓小孩高興的人。

雞鴨鵝愛耍個性，鬧脾氣，一言不合便大打出手，搞得遍體鱗傷，羽毛落地，小孩們漁翁得利。在竹林間、傍溪地，隨地可見落羽之蹤，只要不辭辛勞，一根一根拾撿如同收拾殘局，便可積少成多。可是，明明好事一樁，事情演變到最後卻不如預期。有一陣子見學童無厘頭地追趕著雞鴨鵝，肇致鳸等狼狽亂竄，毛落紛飛。又過一陣子，牠們變得其貌不揚，特別是原本較為紳士的鵝，不知怎麼搞的，變成不修邊幅的老禿頭。好事者追根究柢，探求真相，方才發現小孩們活拔鵝毛的駭人事件。我親眼目睹過一隻鵝，被卡在竹縫間動彈不得，氣喘吁吁，其狀甚慘，羽毛稀稀落落，肯定遭到毒手。

這件事傳到收毛婆的耳裡，她自然心疼，昭告小孩們，凡以不人道手法取毛者，爾後一概不予收購，此事件方才慢慢平息。後來幾年，村里專業養雞、鴨、鵝場如雨後春筍，大盤商向屠宰場統一收購毛料便宜省事，像收毛婆這樣單兵作業的方式，早不符合經濟效益。但是收毛婆仍然沒有放棄，她步履恰恰，依舊東北西南到每戶農家收購，給認真的小孩一個甜蜜的希望。她死去前幾年，村裡還有許多不知情者，以為她這麼認真堅持，可以賺取豐厚利潤。其實不然，若是有厚利可圖，鄰近村莊類此行業，怎麼會早就銷聲匿跡了呢！

「棗婆，毋好恁辛苦啦！」村里有婦人這樣忠告收毛婆，別這樣辛苦啦！

「賺搞啦！」收毛婆如是說。

賺搞，客家話，意思是說只賺到玩的。搞，玩也。言下之意，沒賺錢，只賺到玩玩的機會，也就是成語中的「徒勞無功」。年輕時，我總是想著，怎麼會有人這麼笨，花心費力，走到鐵腿，做到兩手空空。如今我深刻體會到棗婆的苦心，在貧窮年代她帶給小孩甜蜜，她也教導那一輩的小孩，天下沒有白吃的午餐。賺搞，其實她客氣了，高山流水的德行，是多麼不容易。

歪目極

成語中的老態龍鍾，指老者如竹搖曳不自禁持，外觀就是走路不穩。客家人形容老態更有獨到處，係由裡而外，兼具意象和具象。「人老三件歪，行路頭犁犁，打屁打出屎，屙尿淋著鞋。」走路垂頭喪氣像犁田。放屁放出屎來。站著尿，卻把自己鞋子淋濕了。一個尚可自理的老男人，一種力不從心的孤單和悲傷。本村初老者，競相避開這向晚三事。

村頭謝老師，年逾七十，自我評量三項指標一件都沒歪，夜裡偷偷笑。不過，他卻對一事耿耿於懷，退休這些年，很多人叫他老貨仔。老貨仔，這詞彙在客家莊不好聽，指的是老頭子，輕蔑味濃。沒有一項指標顯示他老，卻硬生生被冠上老貨仔，他不服氣。隱約知道，是那些教過的學生給他取綽號，他覺得這些學生小時候還好，長大就不得了，不受教。總有一種止不住的衝動，想好好再教導他們。

問題就出在這裡了，謝老師訓導主任退休後，失落感在心中萌芽，如孕，漸次壯大成型。起初，在家訓老婆、批菜單，再過過主任乾癮，自我陶醉或是自得其樂，實在無可厚非。但時間一久，他就覺得無聊，上屋下家走門串戶，長屁股黏住板凳，一坐便是一上午，像是麥芽糖千絲萬縷的糾結。農莊農事忙，大家苦不堪言。或許謝老師有自知之明，漸次發現被造訪者，臉色越來越鐵，言談越來越少，於是換個方式打發時間，散步壓馬路，一旦看到自己教過的學生，彷若見獵心喜，絕不輕易錯過。

一回，謝老師大老遠就在茄苳溪畔瞧見阿坤，拉長喉嚨把他叫住，聲大如雷，阿坤怔住，止步。謝老師賣力跑向前的瞬間，訓導魂就上身了，像是急欲遏止一個學生行將鑄成大錯。阿坤國中已經畢業七年，是標準的大四生，早非當年那個頑皮孩。謝老師的印象，還纏繞在阿坤國一時幹下的那檔事上。那年學校運動會，過動症的阿坤，展現旺盛企圖心，想要在四百公尺接力賽中奪冠。賽前，他到強敵隔壁謝老師那班晃搭，像是探測敵情。忽然間，他想起了醫生交代，每天一顆治療過動的藥丸還沒吃，他怕別人看見，倚在牆角一旁，鬼鬼祟祟的從口袋中取出服下。這過程被對手瞧見了，由於時機敏感，被強烈懷疑偷吃禁藥。阿坤連解釋都懶，竟隨葫蘆打湯扯上幾句，如果他們想吃，也可以送他們。眾選手一人一丸紛紛服下，像是雨露均霑。

阿坤早已習慣藥的副作用，但那藥卻讓對手士氣低迷，中餐食欲不振，比賽的結果阿坤班上獲得第一名，原本最被看好的謝老師那班，卻從領獎的凸台摔落萬丈深淵。賽後他們含淚檢討，高度懷疑阿坤那顆藥。謝老師歇斯底里連罵阿坤好幾個月，直到退休。不過，此事早如過往雲煙了，如今阿坤品行端莊，只可惜謝老師的主任魂附身，當年恨意猶在，像是魯迅文中的九斤老太，火力全開向他找碴：頭髮太長如番，眼裡無神如木，嘴巴不甜如石，小腹太凸如豬，衣著過豔像孔雀，鞋太潮太風騷。從頭嫌到尾，阿坤沒回嘴，回到家後卻抱頭痛哭。

「老人家，歪目極。」村人都為阿坤的遭遇忿忿不平，對謝老師下了這樣的評論。

歪目極，客家語，意指一個人嫌東嫌西，極盡挑剔，是「極歪目」的倒裝句，以歪斜眼光看人，自然啥事都不上眼。年輕人順世當行，謝老師何苦把時代拉回來，找人陪他玩一番呢！阿坤事件後，客家莊形容老態的指標，了無聲痕地就加上一項「歪目極」，像是眾口韃伐，有志一同。嫌七嫌八，挑三揀四的歪目極，漸漸後來居上，成為我村評量老態的首項指標。

老是一個持續失落的過程。

打鋪娘菜

我確信廚藝的養成，除了耳濡目染，更須要環境惕勵。在客家農莊，小孩若不會簡單料理，恐怕會餓死田頭。農忙時節，長輩經常以換工方式遠出外鄉工作，早出晚歸。在灶孔門前起火，送柴入爐膛，煮飯炒菜來溫飽肚子，算是村中小孩基本技能。我雖無中華一番廚神的必殺技，但料理簡單家常，勉強還上得了台面。

有一年，大姑女兒們近午時來到我們家。父母換工去了，阿婆怔在廚房腦筋發白。米缸有米外，她實在想不出午餐能端出什麼菜來，陳年醃菜顯得窮酸，自製豆腐乳、豆豉又鹹得要命。雙手搓著絞著，杵了半晌仍無定見，我在理由充分因緣俱足下，擅自作主去後院宰一隻雞，也不管她是否心疼，清理內臟就像清理木瓜一般流利。雞腸炒芹菜，以多柄多叉的芹菜為雞腸架起氣勢，洗刷了「雞腸鳥肚」小氣的罪名。高湯煮乾扁的昆布，膨脹如雲，滾沸之後，蛋花開得又大又好。剁一盤雞肉，將腳、翅、雞頭先入盤底，特意置放蓬鬆，偽裝雞隻的肥美，其實牠尚不足三斤重。一眼望上餐桌便是大豐沛，那年我還是個小六生，彷若已得到祖父總鋪師的真傳，成為美談。

阿婆看到後生晚輩的表現，心中一股暖流氾濫，客家小廚神儼然在茄苳溪畔崛起，彷若遺世獨立村落，誕生一位與眾不同的小孩，廚神阿居師。對於別人的讚美，我總是牽牽嘴角沉默不語，心知肚明只是雕蟲小技不足掛齒。食物好吃與否非關鍵所在，在那個只求粗飽年代，菜餚份量經常決定廚師的重量。一位好廚師，在客人還沒上桌前，就要在視覺中讓人飽餐一頓，否則即便食物再精緻，也只是聊具一格。小小年紀，我便深刻地把握這個小小祕訣。

在這之前，我聽阿母說過一則軼事，一位城裡的女孩嫁來客家莊後，開始學習農事。數年後，男人會的農事，女人也會，在田畝中農事分量等同。但是男人日落而息，女人月升之後，煮飯洗衣，趕鴨餵豬，在黑乎乎的夜裡不停穿梭。在男人眼裡，彷彿一切天經地義，臨暗前，他從田裡採栽一大把茼蒿，吩咐妻子晚上清炒入餚，怎料菜上桌後，男人不明就裡的動手打了老婆，理由是她怎麼會將一大把的茼蒿炒成一小盤呢！他懷疑妻偷吃了，要不然就是私藏獨享。男人從不知煮婦難為，更不知茼蒿會嚴重縮水。村莊眾老嫗聽聞後忿忿不平，將茼蒿菜改名為「打餔娘菜」，一直流傳至今。

餔娘，客家語，妻子的意思。打餔娘菜，就是打老婆菜。男人火往心頭撞，在理盲智盲下，茼蒿自此背負兩性傾斜的惡名。不過，打餔娘菜隨著時代的推移產生了質變。九十年代，兩性意識抬頭，茼蒿菜在村莊上演不同的橋段。下莊的棗嬸婆，田畝下崗後，見先生翹著二郎腿，頻頻催促要吃晚飯，心中憤怒無以發洩，炒茼蒿菜前，索性菜也不先挑過，野草混雜著一併下鍋，一大盤份量超多，老公卻暴跳如雷，滑稽的模樣就像是鍋上的熱油，這個年代打老婆算是家暴，他不敢動手。嬸婆說，煮了那麼多年的菜，沒人說好吃，沒人向她謝過，每次只會嫌少，怎知道大家不吃草。這是打餔娘菜在多年之後出現的後坐力，狠狠的反擊。

年前，我到台中北屯水湳傳統市場買茼蒿準備晚餐，深知這菜會縮水，打餔娘菜的客家歷史又殷鑑不遠，右手抓了一把，左上再捧一把，免得妻嫌我小裡小氣的，炒的青菜不夠塞她牙縫。哪知道時代又變了，流行起早餐吃得好，晚餐要吃得少。她看到一大盤打餔娘菜，氣得想打起老公來。

麻布做衫

像我這般年紀的人，都經歷過箝制的青春歲月。小學時禁方言，私下與同學偷偷講。中學時髮禁，規定要蓄三分陸軍頭，訓導主任右手持剃頭刀，左手插入頭皮，凡髮長露出指縫者，便在頂上開一條高速路。高中時，看了幾本禁書，唱過幾首禁歌。考上大學，才知道學生禁舞。

禁舞，彷若事不關己，卻又關係重大，覺得自己像是一個無辜者，無端捲入非法集團幹起壞勾當。新鮮人的青春正青春著，骨子裡躍躍欲試，如同在甕中植栽的豆芽，以強大的意志擎蓋而出。班上一群從城市來的學生，他們穿著時髦，論調清新，大膽敢玩，對於舞會趨之若鶩。我來自偏鄉，彷若一切都被傳統禮教束縛著。別說是跳舞了，從來就沒有在故鄉吸取過任何的舞蹈養分，若要勉強沾邊，那就是大道公廟前乩童起乩的模樣，跳起來還有幾分像哩！

囿於群體龐大意志，每次舞會不敢缺席，但從未被女孩受邀跳舞。有些人水漲船高，我卻每況愈下。心中納悶，究竟她們是從何處看出端倪。每次舞會，喝飲料，上廁所，藉以掩飾低迷人氣，一直到後來，我在舞會有了工作分配，方才緩解尷尬。戒嚴之前，舞會若遇警察臨檢，主辦者會被移送學校處分，當時社會氛圍，界定一男一女的社交舞，摟摟抱抱有害風俗。同學見我動作敏捷，行事機警，賦予重任，要我擔任舞會把風工作。美其名是最前鋒，其實是大後方，當舞會高潮到人人渾然忘我，若遇臨檢，把風者可做斷然處置。

這一次舞會，我們甲乙兩班男生，聯合背棄自己班的女生，跟附近女校僑光商專聯誼。地點鄰近大肚山腰，一片亂葬崗。舞會開始，為躲避查緝門窗緊閉，高亢樂音從音箱流瀉，濃密黏稠，舞者被五光十色的燈光挑逗著，場子裡男女都膨脹起來，而我心情卻沉了下去。心想，父母在故鄉頂著烈陽耕作辛勞，從指縫中一元一元掰出錢來讓我讀大學，這個時候早已入睡了，我卻在一個燈紅酒綠的世界裡擔任把風手。立在高圓凳上，從氣窗外監視動靜，朦朧中萌生一絲愧疚。忽然間，有幾盞燈在遠方搖曳著，心頭抽緊，萬一出事如何對得起父母，在這種情緒下，立馬跳下關掉所有電源。出事了，現場男女瑟縮，頓時鴉雀無聲。

我彷若聽到自己的心跳，嘴唇微微顫動。稍後，眾人如一串蟹似的從後門遁出，我再爬上圓凳悄悄打探，恍然大悟不是警察，是亂葬崗上有人在做法事。場子裡的舞者早如驚弓之鳥，覆水難收，索性將錯就錯，我特意將窗簾緊閉，宣布就地解散，站在一旁隔壁班一位男同學怏怏不樂，似乎仍不心死，欲言又止。眾人鳥獸散，舞場黑乎乎，既然把風者有裁量權，就無法兼顧每個人的意見。禁舞氛圍下，就算陰錯陽差，自認心安理得。

這個祕密在心中隱藏近四十年了。每每看到別人跳舞，浮想聯翩，記憶便拉回當年，像一個結越拉越緊。覺得自己好像是站在行駛中列車的最後一節車廂，回首望去，不管多快多遠，都被走過的路緊緊追緝。終有一天，我忍不住告訴母親這段過往，老人家竟然說是造孽，認為葉家子弟不該在舞禁的年代擔任把風手。

「麻布做衫」。母親拋下這句話，彷若抓住他人的小辮子，說我大學時期做了許多壞事，就如同麻布做衣服，終究無所遁形。

麻布做衫，客家語，意指掩蓋不了真相。麻布空隙大，即便製衣掩體，一樣暴露無疑。母親顯然叉開話題了，但這句話解開我心中多年的結，當時搞清楚是一樁法事時，卻仍出手緊閉窗扉，欲蓋彌彰，或許隔壁班那個男同學應該知情。他當下的不悅，如今我可以深刻體會。如果有機會再看到他，我決定為四十年前這樁往事道歉。

無爭差

阿婆這一代的鄉下人，識字不多，寫字尤難。客家人把鋤頭名為勾筆，寫字的筆稱為直筆，二項皆精通者少之又少。唯有一老嫗，會種田，會畫畫，是一位會在藥包上作畫的村婦。

那時村莊沒有診所，一個無照密醫，醫死數人後便遠走他鄉，一項新興行業順勢崛起。一位頭髮三七分，西裝筆挺油光滿面的中年人，每半年就會騎著機械狼，馱著一大布袋的成藥到家家戶戶，村人都叫「換藥人」。他認真檢查家戶藥品的備用箱，登錄藥品用去的數量，逐一補齊，費用年終結算。藥箱裡陳列咳嗽、鎮熱、消炎、止疼、下痢、消化不良等等成藥，應有盡有。藥品上有包裝標示，但對不識字的村人來說，特別是老眼昏花的長者，文字標示有如天書。什麼病該吃什麼藥，又在什麼時間吃，就處處考驗老人家的智慧。

換藥都在白天，勞動人口此時集中田畝，家裡只剩老少。茄苳溪下方村莊有一個阿婆，她的孫子阿寶是我小一時的同班同學，換藥人到他家，嘴裡滔滔不絕，快速說明每一種藥物的用法，她認真聆聽。照常理來說，歲月如流，記憶也將付諸流水。偏偏她是位老文盲，對藥物用法熟得令人詫異，讀書人尚且要看文字標示，她卻只要看到藥品包裝，便能不假思索一語道盡，彷若是一種直覺。我猜，這中間一定有什麼萬能之匙，開啟了她的智慧之門。

我出生大家庭，家中成員眾多，吃飯搶碗筷，就連吃藥也有個先來後到，藥箱經常空空如也，換藥人卻姍姍來遲。夏日當晝，突犯肚疼，瀉肚，祖母發現藥箱的藥用罄了，慌忙中帶我去阿寶家借藥，等下回換藥人來時再還。只見他阿婆取出藥箱，拿出兩種藥，一治肚疼，飯前吃；一治下痢，飯後食；早中晚各一次。她說話比和尚念經流利，加上兩眼一眨巴一眨巴的，就好像三張口同時在說話，聽起來就更快更糊了。祖母連忙將耳朵湊上前去，並再三確認，深怕我吃錯藥去找閻羅王。

「做得無？」祖母惶惶的問，這樣可以嗎？畢竟大家都不識字。

「絕對無爭差啦！」她抿嘴一笑，自信朗朗地應答。

無爭差，客家語。爭，指爭議；差，差錯也。無爭差，就是沒問題。如此胸有成竹，令人十分佩服，好希望自己長大後，也能像她一樣厲害。病退之後，開始研究成藥標示和包裝，由於識字不多，強記並不容易，幾經折騰，驚訝發現那裹藥的紙張，畫了許多美麗的圖案。代表早晨的公雞，意喻正午的向日葵，象徵黑夜的月亮，表示飯後的空碗，尚未吃飯前一碗滿滿的米飯，以及孺子屈蹲如廁的下痢，所有圖像皆出自老阿婆之手。那把萬能的鑰匙呀！三筆兩線一個勾勒，簡單的線條，隱匿的拙趣，讓人回味再三，一眼便識。她一定是在換藥人離開瞬間，在記憶最清晰時畫就，喜歡繪畫的我，從中獲得無限啟發。

一個月後阿寶感冒了，咳嗽不止，氣喘連連。他每天帶著一包藥上學，吃完便當後服用，仰起脖來咕咚一口倒下，我會主動幫他丟垃圾，接下藥包紙仔細推敲，就算他丟到教室後方置放掃地用具的旮旯裡，我也會把它翻出來。看過阿寶藥包畫了一隻蝦，一個香菇，終究不得其解。蝦子來自茄苳溪，香菇是村人的副業，研判老阿婆應該是信手塗鴉，不具任何意義。直到今年，臉友邱建誠先生，聊及一隻蝦和一朵菇所象徵的意義，蝦菇，就是河洛話氣喘症。

我當下怔住了，凝神過來有一種茅塞頓開的喜悅。原來，阿寶藥包上的圖畫，還兼具族群融合的意義，當時村裡搬來好幾戶的河洛人。我花了半世紀才解開這麼有趣的謎題，然而老阿婆早就做仙去了，她是客家莊創意繪圖的先驅，這樣的說法，應該也是絕對無爭差。

安名仔

過街老鼠，人人喊打。相對山上會咬人的老虎，早就被列入保育物種，不會咬人的鼠輩倉皇過街十分委屈。朋友服務單位，一年要殺掉數千隻老鼠作為防疫實驗，中元普渡時一定會請法師前來機關超度鼠魂，以撫慰鼠輩受傷心靈。核銷科目是講師費，乍聽之下，像是老師講給死去的老鼠聽。

安慰鼠魂，心意可敬。但是，已逝的老鼠在單位聽演講就駭人聽聞了，像是沒事找事做。設若動物死後，魂魄離開肉身，還是以前那個牠嗎？抑或以重生之姿再現？逢年過節，母親殺雞鴨拜拜，數量零零星星，卻從未有好事者提及要如何安慰雞魂鴨魂。雞鴨長相雷同，沒名沒姓，依我之見，為牠們逐一取名字是庸人自擾，最後皆淪為桌上佳餚，言明某餐食誰之肉，筷子起起落落，必定喉嚨卡卡，難以下嚥。

在客家莊，唯獨狗有自己的名字，比起耕作牛隻，其地位彷若高尚些。設若帶些詼諧，冠以主人姓氏，便儼然樹立了人格。六十年代，客家莊上屋下家，戶戶養狗。村人文盲多，但為狗取名慎重其事，少有重複。我們家的狗明明是一條公狗，偏偏父親以「美麗」名之。班上同學都叫牠葉美麗，聽來艷俗，不過仔細端詳便不覺得突兀，全身白長毛，點綴三帶鵝黃，風吹緩緩飄動，樣貌令人怡悅。客家人慣以「靚」，意即「美麗」來形容美男子，葉美麗的「美麗」，在莊裡便不覺得違和。如今思之，父親取名費盡心思，平凡貼切。

葉美麗死去前一天，去了阿婆夢裡。像是在一個冬日臨暗的灶頭前，牠一見著她，便趴在地上有氣無力，先是叫了兩聲，那氣息像是竭盡一口氣吹在竹笛，聲音由大而小，尾音拖得長長的。阿婆見其眼睛流下油脂如同垂淚，隨口問牠怎麼了，手邊工作沒停。牠又輕輕叫了兩聲，這一次尾音拖得更細長了。阿婆取柴入灶，爐膛柴火啪啦響著，就在此時牠勉力爬起，踉踉蹌蹌朝著家門走出，阿婆方才意識到葉美麗舉動並不尋常，連忙喚牠，牠未回首。寐中，她驚坐而起，連忙下床找葉美麗。牠躺在門外，已被家門吐出。

阿婆恍然大悟，夢境是葉美麗遠行的告別，她為自己夢中的漫不經心愧疚不已。親手將其葬於茄苳溪畔，拜了又拜，希望葉美麗死後有靈再來夢中，她要向牠道歉。偏偏葉美麗自此以後，像是飄過天空的雲朵不再回頭。一眨巴眼數年過了，葉美麗生前的玩伴酷樂、豆豆、白皮、黑妞相繼去世。說也奇怪，葉美麗就在一個星光燦爛子夜，率眾結伴回到阿婆夢裡。眾狗蹦蹦跳跳，她回頭一望，啊啊！是葉美麗，欣喜若狂，但葉美麗好像不認得她了。醒來後坐在床頭，悵然若失。

數日後，阿婆在離家五里外的街角看到葉美麗。怎麼可能呢？她以為自己眼花了，再仔細看清楚，白長毛點綴三帶鵝黃，沒錯，是葉美麗。她大叫一聲牠的名，狗狗回頭一望，跳躍，一旁的主人也連忙翻過頭來。

「狗个安名仔你怎會知呢？」那男人訝異莫名以客語說，阿婆怎麼知道他家狗的名字。

安名仔，客家話，指的是命名。仔，尾音虛辭。阿婆猛然意識自家的葉美麗早已死去多年，尷尬極了，支吾其詞不知說些什麼。當時我年紀小，在桃園新屋一帶葉姓人氏繁多，聽阿婆說這段往事，總覺得既巧合又玄虛，未曾多加思索。

服務公職三十年來，偶聞不少令人瞠目結舌事，超度鼠魂便是其一。日前，服務機關資訊人員煞有其事的說道，局內二千台電腦，它們會選定季節，集體鬧脾氣搞罷工，相互通告傳染，擴張，像是流行感冒。看似不相干的個體，數量繁多時也會生出群體意志。敬天畏地，萬物皆有因緣，莫嫌有人多事呀！一窩鼠，一群狗，甚至是數以千計的機具，有名沒名，看來都不容怠慢。

詐耳聾

求學時代，我的歌喉無端蒙上一層陰影，如同頑癬，盤據膚體多年不去。音樂考試要獨唱，軍歌比賽要合唱，既不能一枝獨秀，又有濫竽充數之嫌，以至於出社會後，偶有聚會場合，鮮少自告奮勇上台高歌一曲。

國中第一學年結束前，老師要每位同學獨唱一首〈荒漠甘泉〉作為學習成績。這是一首西藏歌謠，描述長遠的金沙江、巍峨的布達拉宮、以及西天活佛的宏偉。為了爭取好成績，大清早就起床吊嗓，高音學公雞引吭，低音學群鴨呷呷，師法自然，承接地氣。豈料排序前一號的阿偉，在考場出了狀況，讓我受到影響。他是個小大人，言談舉止正經八百，唱歌時嘴巴像是含了一顆滷蛋。照常理說，這首調性莊嚴的歌曲，由他唱來肯定相輔相成。果然他把那首歌表現得特好，但就在結束前，莫名其妙把最後一個音，陡然提高三個音階。像是黃鶯出谷後，遇見頑童彈弓突襲，裹不住驚呼。

突如其來之聲，令人猝不及防。同學一怔，接下來止不住的笑聲此起彼落，那是一種懾於老師威嚴，刻意壓抑的笑法，或有人將整個頭埋在桌底，笑得不能自已，或有人摀嘴捧腹，噗噗噗的出聲。他們都極力遮掩，就是不希望老師一眼望穿。阿偉下台後，氛圍囧到一種極致，像是平靜的海面暗潮洶湧。老師依舊一本正經不苟言笑，接著輪到我了，隱約感受出台下的騷動未曾歇。上台後，唱沒兩句，旋被周遭的氛圍感染笑出一聲，老師眼睛瞟過來。再唱，又笑。他瞬間板起臉孔而立，叫我下台。學期音樂成績六十九分，比阿偉高出三個音階的分數還悽慘。

我覺得像是遭受成語中的「池魚之殃」，禍源是阿偉，我卻求澤無門，補救不及。又好像是一個用雙手堵住水壩的少年，自不量力又荒唐幹盡。為了三個音階，付出沉重代價。那學期沒領到獎學金，整個夏天悶悶不樂，情緒低落時，不由自主地便會想起阿偉的〈荒漠甘泉〉，如同魔咒緊緊追緝。說也奇怪，阿偉走音的唱法，有一陣子，在同學嘻笑間流傳著，又過一陣子，那高了三個音階的版本，竟反客為主鳩占鵲巢。好像是說，原作曲是盜版，阿偉唱的才是正版，真正好聽。

一個變調音，竟成主旋律，小小年紀，執拗若我，無法心悅誠服接受這個事實，彷若整個世界都在假戲真作，卻不因為有人忌諱而縮手。終於有一天，這個變調曲竟然傳到村莊來。阿土伯在田中除草，烈日當空，百般無聊地哼起〈荒漠甘泉〉這首歌，我靜靜的坐在茄苳溪對岸，想藉著阿土伯的歌聲，洗滌干擾耳畔多時的靡靡之音，卻始料未及，阿土伯竟唱出阿偉的調。學校距離村莊有五公里遠，很明顯的，阿偉的〈荒漠甘泉〉，已擴充它的勢力範圍，直指茄苳溪南岸。

「阿土伯，你唱走音咧！」我連忙趨前糾正，順道告訴阿土伯，阿偉走音後自己悲慘的遭遇。

「詐耳聾就好！」阿土伯深表同情，以客語簡單回了這句話，又繼續唱下去。

詐耳聾，客家話，意思是假裝聽不到。詐，假裝。裝無知就好，如果這麼容易，我又何必那麼在意，那三個音階魂縈夢牽糾纏多年。這些年，孫女出世，她音感甚好，二、三歲即能將幼兒園老師教唱的歌曲，改編歌詞，翻新曲調，機智令人逗趣歡欣。我突然想起了往事，發現同樣的事，卻因為不同時空不同心境而有不同的思維。年紀輕時太過在意了，以至於阿偉高出的三個音階，我始終無法攀爬而上，還差一點把它拉成天險。接人應必朗雙眸，處世何妨聾兩耳，詐耳聾，假裝聽不到，一切不就煙消雲散了！

壁背鬼

地廣人稀的村落，冬日更顯寂寞。景色如灰如綠，悄悄不事聲張，靜寂氛圍裡，突如其來的聲音，難免會引人側目。村莊一老嫗，卻喜歡在瑟瑟的冬天裡出聲嚇人。不識其者，以為她是行徑詭異的弱智者。其實非也，非也，此人理性與感性兼具，即便嚇人也是苦心孤詣的那種。

念小學前，大道公廟醮典，乞丐們彷若連夜爭相走告，從四面八方匯聚村落。醮壇前，戲台下，他們或弓身、或枯坐一角，低頭，乞討。乞丐身世堪憐，但也有一些人裝可憐，眾目睽睽下真假難辨，但若是在平日，就容易露出狐狸尾巴。簡單來說，就像當今社會的詐騙集團，專擅操弄人們的同情心，你必得慢慢聽其言而觀其行，否則就容易落入圈套，任其割宰。然而人皆有惻隱之心，但骨子裡也有防範意識，防著防著，便劣幣驅除良幣，那個年代，真乞丐餓死在田頭的憾事時有所聞。

老嫗傍新屋溪畔而居，白髮蓬鬆，一張枯臉布滿山川，已經蒼老得夠駭人了，但還是喜歡嚇人，特別是嚇乞丐。沿著牛車路旁的羊腸小徑，三不五時就有乞丐前來兜討。他們衣著襤褸，走路蹣跚，十之八九都是一副氣血殆盡、不良於行的模樣。起初，老嫗覺得他們可憐，從田頭到宅前，短短百來公尺，舉步維艱走了好些時間，間有些時候，她心軟看不下去，亦步亦趨地上前，遞上一碗飯，端了一杯水，偶爾給他們一點米。沒米沒飯時，勉強地從手指縫出掰出一兩個銅板。乞丐個個喜形於色，步履輕快起來，像快樂的蝴蝶，翩翩消失田尾。

日子一久，她覺得有蹊蹺。怎麼來得踉蹌，去得自如？直覺有的乞丐彎腰駝背佯裝肚餓，像是包藏禍心，又離開時那種得意，彷若是滿腦門泡泡，充斥邪惡思想。其後她耳聞，來村莊的乞丐不但會結黨，還相濡以沫共同分享乞討秘笈，裝得楚楚可憐。她心中火往上撞，恍然覺得好心被糟蹋了，富員外都可輕而易舉打發窮親戚，自己過得夠緊了，又幹嘛對這些無親無故的乞丐掏心掏肺。為求真相，她直搗黃龍。乞丐窩在五里外公墓，是處有涼亭、石柱、祭祀亭，豪華些的風水還可遮風避雨。她倚壁側聽，真相大白。原來客家莊充斥著季節性的假乞丐，大半在冬日從異鄉遠道而來。乞丐模樣千人一面，動作如出一轍，以至於真偽難分。

是日，她氣得渾身哆嗦，爾後心就鐵了，只要遠遠看到乞者順新屋溪前來乞討，旋隱匿門背，俟乞者來到家門前一刻，出其不意丟出一把鐵椅，「哐啷」一聲，不偏不倚便落在乞討者足前。真他媽的嚇人呀！像是橫禍天外飛來，乞者惶惶失措，何以只見飛椅，卻不見人也。原來，老嫗早已躲在門縫偷瞧來者的反應。凡裝可憐的假乞丐，莫不原形畢露拔腿而逃，好手好腳好會跑。若是真乞丐，手瘸腳跛肚餓也跑不了，這個時候她就會出來道歉，給予溫暖和補償，幫助真正需要幫助的人。看來，老嫗是客家莊第一位破獲詐騙集團的女者。

「乞食人，最驚壁背鬼。」村人對老嫗機智勇敢佩服得五體投地，留下這樣的結論。

壁背鬼，客家話，指竊聽者。壁背，牆壁背後那一面。藏身牆後偷聽別人說話不道德，直覺客語這個詞彙帶有貶意，但若出發良善做鬼又如何呢？設若不是當年老嫗如此正直，在亂葬崗上做一個壁背鬼，以及囥在老宅門背，扔出那把石破天驚之椅，真不知道假乞丐還會騙走了多少人的善心。如今有人問我，何以客家莊這麼多年來純樸依舊，我的回答是：老嫗功不可沒。

打索仔

客家莊許多手工繩就地取材，帶著一點家鄉味。搓編繩子需要時間、力氣，手法拿捏因人而異，於是沒有一條完全相同的繩子。以草繩來說，材料是晒乾的禾稈，阿公和父親兩代人搓繩就有顯著差異，像一條大河岔出的兩支分流，路徑不一，經歷各異，但精神上一脈相承。

在還沒有瓦斯及熱水器年代，炊飯煮食、熱水沐浴皆以稻草生火。一年兩季稻作的北部農莊，稻草在田中曝軟後，紮櫼，挑回自宅附近疊成禾稈堆，外觀如一朵香菇，又像一把黃傘，雨季來臨時可以抗潮防腐，並權充牛隻的糧草。大型的稻草堆約莫兩層樓高，為防強風豪雨肇致倒塌，竣工時大皆會在頂上套置一個輪胎，繫上草繩八方而下，再以重物固定。阿公設計了簡易的製繩架，上方左右各一轉軸，藉著順、逆時鐘旋轉，將稻草拼湊成繩。小時候，我在這一頭旋轉，他在對頭拿著稻草編拚。繩子越來越長，阿公彷若離我越來越遠。

這是客家莊最粗的草繩。阿公身形微胖，聲大如鐘，村人若有紛爭，常會請其斷事，有說一不二的威嚴形象，也因為敬畏，無形中拉遠了祖孫間距離。那個大草堆繫上粗草繩後，風雨起了戒心，小孩不敢靠近。村頭村尾家家戶戶都有草堆，唯獨阿公的大草堆與眾不同。有些時候，同學來禾埕玩耍，舉止莫名的節制，離禾稈堆遠遠地不敢靠近，好像阿公的粗草繩善於偽裝，當你靠近它時，會冷不勝防地狠狠回擊。客家莊長輩經常告誡頑皮小孩：不乖，就用繩子綁起來打。阿公不在家，繫上草繩的大草堆，宛若是他的替身。置身在這個地景的小孩，心靈上無法逃脫大草繩追緝。

不單是小孩，家禽也是如此。阿公在後院空地上，以桂竹作柱，再以草繩圍成鴨寮鵝舍，縫隙留得特別寬，我私下覺得他做事粗枝大葉的，那要如何圍住鴨鵝呢！說也奇怪，鴨鵝看見粗繩，從未有逃走的想法。父親當家時，阿公的製繩架早已腐朽敗壞，他搓繩時先將稻草捋順，一股腳踩，另一股置於大腿上，以右手交替搓揉緊密合實，並不斷加上禾稈延續長度。他搓的草繩比起阿公明顯小多了，像長長的麵條。為了怕鴨鵝私自外出，他只好將草繩圍得更密，武裝自己的心靈。

可惜怪事層出不窮，起初，發現一隻鵝卡在兩條草繩間動彈不得，接下來漫長的日子裡，一場永不退縮的鴨鵝革命前仆後繼。三兩隻鴨子結伴去茄苳溪流浪，又下落不明的事件接二連三，父親幾度懷疑是大南蛇臭腥母幹下的壞勾當，但苦無線索。有一次，我在隔壁村荒郊上看到一隻鴨似曾相識，與我面面相覷，呷呷嗷聲，哭訴無家可歸。民國六十八年，一個夜黑風高的夜晚，鴨鵝摸黑逃磬，一早起來，寮舍荒涼，給父親重重一擊。看來草繩圍得再密，依舊不能壓抑鴨鵝自由的想望呀！

母親至今仍在後院養鴨，簡易木製寮舍，群鴨習性像是世代遺傳，依舊屢屢不假外出。前些日子回鄉，母親建議我要搓繩繫密，我努力複習搓繩技術時，父親卻斬釘截鐵地反對。

「打索仔無效啦」，阿爸頻頻搖頭。

打索，客家話，指編繩。索，繩也。仔，尾音虛詞。父親這麼說，應該是老來人生的領略，如今他覺得飛鳥會在黃昏歸巢，對鴨鵝已無須限制太多，我猛然覺得阿公當年欲擒故縱的大智慧呀！想想也對，嚴官府出厚賊，嚴父母出阿里不答，教育孩子也一樣，約束太多則適得其反。當年阿公稻草堆上的粗草繩，應該也沒嚇唬之意，完全是一群頑皮小孩作賊心虛罷了。

名聲上廣東

童年時，曾經有過翱翔天空的夢想。濱海小村，海風特別大，彷若一不小心就會被吹飛。曾幾何時，夢想自己是一隻鳥，學海鷗岳納珊逆風飛翔又快又高。擅於腦筋急轉彎的小孩，動念養賽鴿去跟大風搏鬥，認為在惡劣環境中成長的鴿子必能出類拔萃。我沒跟風，因為母親認為搞鳥事容易玩物喪志，不如好好讀書，將來才能出人頭地。

老師說，出人頭地就要像國父那樣，好名聲傳到很遠的地方。依照國語課本第三冊描述，孫文小時候常看海，心想長大後要坐船到處看看。我也經常看海，村莊離海很近，小孩子卻離它很遠，長輩們耳提面命，要和大海保持社交距離。若想增廣見聞，看來只有飛天一途了！本以為這個夢想太空幻，像吹泡泡，誰知道幾個玩伴東敲西湊，在懵懵懂懂的年代，實現了我的飛天夢想。

同學阿麒住在茄苳溪對岸，率先在自家頂樓架了鴿舍，養三十來隻鴿子，以規模而言是中實戶，以挑戰性論是同儕第一人。鴿子食量驚人，他鎮日拿著鉛筆頭和紙邊兒登記開銷，苦歪歪，心焦焦，人都吃不飽了，鴿子要如何好！有心人唬他乾脆宣布破產，把鴿子出清算了，大街上有人在賣鴿肉的。他死也不肯，堅信在賽鴿場上一定會有揚名四海的一天。每回講起鳥事都眉飛色舞，他會突然張開雙手如翼，學鳥噗噗啪啪地擺動飛，越擺越快，像是快轉的螺旋槳，我每每站在一旁都覺得興奮異常。

一日大清早，他神色匆匆來找我，說昨晚夢見我在天空飛得又高又快，想把鴿舍其中一隻最厲害的鴿子以「葉國居」命名，條件是爾後我必須負責那隻鴿子起居三餐。我怔在床前，又還沒死，怎麼會在天上飛呢？不過，我欣然應諾阿麒的想法，高速飛行的賽鴿是多麼威風呀！其後陸續好幾位同學加入行列，他成本減輕，如釋重負。我壓力來了，卻甘之如飴，以乾坤大挪移法化整為零，搬走了阿母栽的玉米，阿爸種的穀類。曾經見過野鴿子啄食蝸牛，每日天剛嚮明，踽踽至茄苳溪岸上，撿拾小蝸牛以養其三餐。

蝸牛含豐富的蛋白質，可增強肌肉。太大或太肥的蝸牛容易犯膩，又萬一體重上升，將影響飛行速度。我對鴿子營養學毫無概念，就憑一己想像，專挑小小的蝸牛餵食。內心唯一期盼，就是牠可以在賽鴿場上出人頭地。數個月後，阿麒籌足參賽款，派葉國居等數鴿上場，成群的賽鴿被載到大海放飛，鴿子回鴿舍後，以送到會場先後順序來論勝負。釋放的時間我正在午餐，吃著飯突然內心澎湃，大汗淋漓，好像此刻我正奮身飛行大海。擱下飯碗，跑到陽台望向天空，九降風撲來，我特意挺前身子破風。彷若和牠交感互通並肩作戰，矢志凱旋歸來為客家莊增光。

葉國居已經飛過大海囉！居鴿已經到屏東囉！居鴿穿越中央山脈囉！同學們虛擬瞎猜，我被緊張氣氛團團圍住。午後四時，葉國居以時速八十公里速度飛回鴿舍，阿麒無照的摩托車聲震天響起，沿著茄苳溪飛奔帶牠到會場報到。結果公布了，居鴿獲得本次鴿賽第一名，一時之間身價水漲船高。阿麒贏得一筆豐厚的獎金，超過家戶兩年所得。我高興得好幾天合不攏嘴，逢人就笑，無法自已。村人紛紛上門探究，何以我喜不自勝。

「葉國居名聲上廣東啦！飛上天頂啦！」我阿婆用客語這樣回答他們。名聲上廣東，客家話，指聲名遠播。客家祖先大皆來自廣東，名聲傳到祖先的故鄉囉！我一毛未得，卻不惜代價真誠奉獻。年紀雖小，但已感受出每個人都重視自己的名字，也希望別人記得他的名字。從那時候開始，我學會努力記住別人的名字，人生路上獲得不少意外收穫。如今想想，這就是阿麒厲害的地方。

相訕

高二那年寒假，和同學阿萬在中壢火車站前鬧區揮毫賣春聯。初生之犢躍躍欲試，向來保守的阿爸沒有反對，他不覺得會賺錢，但也認為虧不了幾個錢。父執輩的眼裡，賣技藝是小本生意，賠率不高。練練膽識，便是好事。

成排的春聯攤位，揮毫者大皆為書道老手，過路人喜歡品頭論足，屢見爭論不休，鬧得不歡而散。客家莊讀書人私底下都流傳一句話，老婆是別人的漂亮，字是自己的好。當時我還沒有老婆，不敢妄自評論，但肯認「字是自己的好」這個說法，要不然怎麼會出來賣春聯呢！但若是比起那些老師傅，又不禁自慚形穢心虛起來。火車站人潮往返，駐足觀賞者不乏其人，眾目睽睽下，走筆如同夜行，膽戰心驚。

這一天，來了一位年約七旬的長者，著唐裝。眼瞪瞪地看著我揮毫，斂容，不語，像極了教學嚴謹的國文老師。當我揮就，擱筆，那人便極盡挑肥揀瘦，聲音嚴厲地把我的書寫罵出病來。他認為我的字右肩高聳太神氣，乳臭未乾就出來賣春聯，像一隻羽翼未豐就想高飛的麻雀。再來，他認為字頭重腳輕，是大頭症，又像麻雀腳，一不小心便摔倒，毫不留情批得體無完膚。由於事發突然不知所措，怔在風寒刺骨的街頭，楞楞出神漸漸失去說話的能力，好半天才回神。遲遲等不到我回嘴，那人便悻悻然離開。

第二天一樣的場景，觀者如堵，停筆後抬頭一看，他又無聲無息地立在前頭，這一次他站得更靠近，我彷若聽到他氣咻咻的鼻息，牛眼睛瞪得更圓了。我莫名地打了一個激靈，連忙告訴他，自己好像還沒完全改掉聳肩的壞習慣，覺得神氣的左聯和傲慢右聯，彷若一不小心就會打起架來呢！你知道嗎，他聽到我如是說，態度急轉彎，連忙在眾人面前稱讚我今天的書寫比昨天好太多了。當場掏錢買了十對春聯，逢人便說寫得好。那日攤位買氣直線上升，像是一支受主力寵愛強力拉抬的股票。其實，我書寫依舊如故，只是不知道從哪裡生出來的智慧竟因禍得福。

其後方知，老先生是一位書寫愛好者，多年來是許多賣春聯攤位不受歡迎的客人，根深蒂固的我執，希望別人皆依從他的書寫審美觀。然大部分老師傅自視甚高，無法忍受別人批評，寧願爭論得面紅耳赤，甚至大打出手，也不願降格以求，字落下風。從前蘇東坡和黃庭堅是同一時代的書友，黃庭堅說蘇東坡的字又扁又肥，像一隻被石頭壓住的蛤蟆，蘇東坡則說黃庭堅的字，線條有時瘦巴巴的，就像是掛在樹梢上的蛇。兩人互批後哈哈大笑，但在中國書法史上，絲毫不會減損他們的書法地位。未堅持孰是孰非，如此皆大歡喜。

那日回家後，父親詫異春聯居然賣得這麼好。我把事件始末，一五一十告訴他。

「相勍無較贏。」父親用方言如是說。我心領神會。

相詏，客家話，互相爭論。詏，言逆，話不順也。相詏無較贏，意思是說爭辯不會比較好啦！書道最不須要的就是爭辯和批評，每一個人都有自己的藝術路子，要不然就要像蘇、黃二人認可對方的批評。書寫乃人生餘事，何須這麼執著。只有避免爭論的人，才能從一片爭論聲中獲益，成為最大贏家。

國家圖書館出版品預行編目資料

牽衫尾 / 葉國居著 . -- 初版 . -- 臺北市 :
聯合文學出版社股份有限公司 , 2024.10
272 面 ; 14.8×21 公分 . --（聯合文叢：756）
ISBN 978-986-323-634-4（平裝）

863.755 113013713

聯合文叢 756

牽衫尾

作　　者／葉國居
發 行 人／張寶琴

總 編 輯／周昭翡
主　　編／蕭仁豪
資深編輯／林劭璜
編　　輯／劉倍佐
資深美編／戴榮芝
業務部總經理／李文吉
發行助理／詹益炫
財 務 部／趙玉瑩　韋秀英
人事行政組／李懷瑩
版權管理／蕭仁豪

法律顧問／理律法律事務所
陳長文律師、蔣大中律師

出 版 者／聯合文學出版社股份有限公司
地　　址／(110)臺北市基隆路一段 178 號 10 樓
電　　話／(02)27666759 轉 5107
傳　　真／(02)27567914
郵撥帳號／ 17623526 聯合文學出版社股份有限公司
登 記 證／行政院新聞局局版臺業字第 6109 號
網　　址／http://unitas.udngroup.com.tw
E-mail:unitas@udngroup.com.tw

印 刷 廠／約書亞創藝有限公司
總 經 銷／聯合發行股份有限公司
地　　址／(231)新北市新店區寶橋路235巷6弄6號2樓
電　　話／(02)29178022

出版日期／ 2024 年 10 月　初版
定　　價／ 360 元

NCAF 國|藝|會 本書獲財團法人國家文化藝術基金會出版補助

ISBN 978-986-323-634-4（平裝）